Début d'une série de documents
en couleur

COUVERTURES SUPERIEURE ET INFERIEURE D'IMPRIMEUR.

Fin d'une série de documents
en couleur

NOUVELLES ET CONTES

4ᵉ SÉRIE GRAND IN-8°.

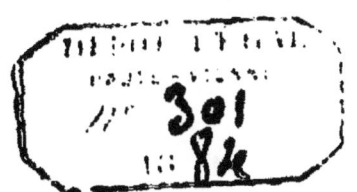

MADAME GUIZOT

NOUVELLES

ET

CONTES POUR LA JEUNESSE

Marie. — La vieille Geneviève
Aglaé et Léontine. — Hélène ou le but manqué
Le petit Garçon indépendant
Les petits Brigands.

LIMOGES
EUGÈNE ARDANT ET Cie, ÉDITEURS.

MARIE

ou

LA FÊTE-DIEU

Après avoir, dans les commencements de la révolution, suivi son mari en pays étranger, madame d'Aubecourt était revenue en France, en 1796, avec ses deux enfants, Alphonse et Lucie ; comme elle n'était point sur la liste des émigrés, elle pouvait s'y montrer sans danger, et s'occuper d'obtenir pour son mari la permission de revenir. Elle demeura deux ans à Paris dans cette espérance : enfin, ne pouvant réussir à ce qu'elle désirait, et ses amis l'assurant que le moment n'était pas favorable pour solliciter, elle se décida à quitter Paris et à se rendre dans la terre de son beau-père, le vieux M. d'Aubecourt, chez qui son mari désirait qu'elle habitât en attendant qu'il

pût se réunir à elle; d'ailleurs, madame d'Aubecourt n'ayant d'autre ressource que l'argent que
lui envoyait son beau-père, elle était bien aise
de diminuer la dépense qu'elle lui causait, en
allant vivre près de lui. Toutes les lettres de
M. d'Aubecourt le père à sa belle-fille étaient rem-
plies de plaintes sur la dureté des temps, sur son
obstination à suivre des démarches inutiles, à
quoi il ne manquait jamais d'ajouter que, pour
lui, il lui serait bien impossible de vivre à Paris,
ayant déjà assez de peine à se tirer d'affaire
chez lui, où il mangeait ses choux et ses pommes
de terre. Ce n'était pas qu'il ne fût assez riche ;
mais il était disposé à se tourmenter sur sa dépense; et madame d'Aubecourt, quelle que fût
l'extrême économie avec laquelle elle vivait à
Paris, vit bien qu'elle ne pourrait le tranquilliser
qu'en allant vivre sous ses yeux.

Elle partit avec ses enfants au mois de janvier 1799, pour se rendre à Guicheville ; c'était le
nom de la terre de M. d'Aubecourt. Alphonse
avait alors quatorze ans, et Lucie près de douze :
renfermés depuis deux ans à Paris, où leur
mère, accablée d'affaires, ne pouvait guère s'occuper d'eux, ils furent enchantés de partir pour
la campagne, et s'inquiétèrent fort peu de ce que

leur dit madame d'Aubebourt sur les précautions qu'ils auraient à prendre pour ne pas importuner et impatienter leur grand-père, que l'âge et la goutte portaient assez habituellement au mécontentement et à la tristesse. Ils montèrent pleins de joie dans la diligence; cependant, à mesure que le froid les gagnait, leurs idées se rembrunissaient. Une nuit passée en voiture acheva de les abattre ; et quand ils arrivèrent le lendemain au soir à l'endroit où ils devaient quitter la diligence, ils se sentaient le cœur serré comme si depuis la veille il leur était arrivé un grand malheur. Il fallait faire encore une lieue pour arriver à Guicheville; il fallait la faire à pied, à travers une campagne couverte de neige, car M. d'Aubecourt n'avait envoyé au-devant d'eux qu'un paysan accompagné d'un âne pour porter leurs paquets. Quand il proposa de partir, Lucie, d'un air effrayé, regarda sa mère comme pour lui demander si cela était possible. Madame d'Aubecourt lui fit observer que puisque leur conducteur était bien venu de Guicheville à l'endroit où elles étaient, rien ne s'opposait à ce que de l'endroit où elles étaient elles allassent à Guicheville.

Pour Alphonse, du moment où il avait retrouvé la liberté de ses jambes, il avait repris toute sa gaieté. Il se mit à marcher devant pour éclairer, disait-il, le chemin, sondant les ornières, qu'il appelait des *précipices*; causant avec l'âne, qu'il tâchait d'engager à hennir, et faisant un tel bruit de *gare à vous! gare la fondrière!* qu'on l'aurait pris à lui tout seul pour une caravane; il parvint à égayer tellement Lucie, qu'en arrivant elle avait oublié le froid, la nuit, la neige. Leurs rires, en traversant la cour du château, attirèrent deux ou trois vieux domestiques qui, de temps immémorial, n'avaient pas entendu rire à Guicheville; le gros chien en aboya avec des hurlements, comme d'un bruit qui lui était tout-à-fait inconnu. Ils continuaient dans l'antichambre, lorsqu'on vit paraître M. d'Aubecourt à la porte du salon. « Quel train! » dit-il. Ce mot rétablit le calme, et les voyant tous les trois mouillés et crottés de la tête aux pieds :

— Si vous aviez voulu venir il y a six mois, comme je vous en pressais continuellement... dit-il à madame d'Aubecourt; mais il n'y a pas eu moyen de vous faire entendre raison.

Madame d'Aubecourt s'excusa doucement, et M. d'Aubecourt les mena dans un grand salon à boiseries jaunes et à meubles rouges, où, auprès d'un petit feu et d'une seule chandelle, ses enfants eurent le temps de reprendre toute leur tristesse. Au bout d'un instant ils entendirent mademoiselle Raymond, la femme de charge, qui se fâchait contre le paysan qui les avait amenés de ce qu'il avait placé leurs paquets sur une chaise au lieu de les mettre sur une table.

— Voilà déjà, disait-elle avec humeur, qu'on commence à mettre ma maison en désordre.

L'instant d'après, Alphonse, altéré par le violent exercice qu'il avait donné à sa poitrine, sortit pour boire un verre d'eau, et peut-être aussi pour se désennuyer un instant en quittant le salon. Il eut le malheur de boire dans le gobelet de son grand-père ; mademoiselle Raymond, qui s'en aperçut, accourut comme si le feu eût été à la maison.

— On ne boit pas, dit-elle, dans le gobelet de Monsieur.

Alphonse s'excusa sur ce qu'il ne le savait pas. Mademoiselle Raymond voulut lui prouver qu'il devait le savoir ; Alphonse répliqua. Mademoiselle Raymond continua à se fâcher, et Alphonse, se fâchant à son tour, répondit à mademoiselle Raymond quelques mots assez peu polis, et rentra dans le salon en fermant la porte très-fort. Mademoiselle Raymond y entra l'instant d'après, et ferma la porte avec une précaution marquée, et d'une voix encore toute agitée par la colère, elle dit à M. d'Aubecourt :

— Comme vous n'aimez pas qu'on ferme les portes fort, vous aurez la bonté de le dire vous-même à monsieur votre petit-fils, car moi, il ne me permet pas de lui parler.

— Que voulez-vous ! mademoiselle Raymond, répondit M. d'Aubecourt, c'est comme cela qu'on élève les enfants aujourd'hui ; c'est à nous à plier devant eux.

Heureusement que madame d'Aubecourt se trouva à côté de son fils ; elle lui serra le bras pour l'empêcher de répondre à son grand-père ; mais il trépigna d'impatience et garda le silence jusqu'à l'heure du souper : à table, on ne mangea guère, et l'on parla moins encore ; et aussitôt après madame d'Aubecourt demanda la permission de s'aller reposer. Lorsqu'ils furent dans la chambre que devaient habiter madame d'Aubecourt et sa fille, Lucie, qui s'était contenue jusqu'alors, se mit à pleurer ; et Alphonse, se promenant dans la chambre avec agitation, disait :

— Cela commence joliment ! puis il reprenait :

— Que mademoiselle Raymond s'avise de me parler encore sur ce ton-là!

— Alphonse, lui dit sa mère avec un peu de sévérité, songez que vous êtes chez votre grand-père.

— Oui, mais je ne suis pas chez mademoiselle Raymond.

— Vous êtes dans un lieu où la volonté de votre grand-père est qu'on la traite avec égard.

— A la bonne heure, quand elle ne viendra pas crier aux oreilles.

— Je le crois bien, vraiment, que vous ne manqueriez pas d'égards envers elle si elle était avec vous ce qu'elle doit être.

— Autrement, je ne lui dois rien.

— Vous lui devez tout ce que vous devez aux volontés de votre grand-père, à qui vous manqueriez essentiellement en maltraitant une femme qui a sa confiance. Il y a des personnes, Alphonse, dont il nous est ordonné de respecter jusqu'aux caprices, car nous devons leur épargner même les mécontentements injustes; puis elle ajouta plus tendrement : Mes enfants, vous ne connaissez pas encore l'humeur et l'injustice; ni votre père ni moi ne vous y avons accoutumés; mais vous auriez tort d'imaginer que vous puissiez passer votre vie, ainsi que vous l'avez passée jusqu'à présent, sans que rien blesse vos droits, ou que rien vous oblige à contraindre vos mouvements quand ils n'ont rien de condamnable. Il faut que vous commenciez à apprendre, toi, Alphonse, à réprimer ta vivacité, qui pourrait te faire commettre des fautes graves; et toi, Lucie, à surmonter ta faiblesse, qui te rendrait malheureuse. Elle ajouta en souriant : Nous ferons ensemble notre apprentissage de patience et de courage.

Ses enfants l'embrassèrent tendrement : ils étaient remplis de confiance en elle, et elle avait, d'ailleurs, dans le caractère, une douceur à laquelle il était impossible de résister. Lucie fut toute consolée par ses paroles. Alphonse s'alla coucher, en l'assurant cependant qu'il était si agité, qu'il était bien sûr de ne pas dormir de la nuit; et il n'eut pas plus tôt la tête sur le chevet qu'il s'endormit pour jusqu'au lendemain matin.

En s'éveillant, il fut tout étonné d'entendre le ramage des oiseaux. Il s'était persuadé, depuis la veille, que les oiseaux ne devaient pas chanter à Guicheville. Pour eux, trompés par un beau soleil et un temps doux qui fondaient la neige, ils s'étaient persuadés qu'ils entraient au prin-

temps. Cette idée les avait mis en gaieté.
Alphonse se mit en gaieté comme eux. Il alla
parcourir le parc avec des sabots que sa mère lui
avait achetés la veille. Il revint ensuite chercher
sa sœur, la conduisit, un peu malgré elle, dans
les boues du parc, d'où elle ne se tirait pas aussi
bien que lui. Elle trouva d'abord les sabots bien
lourds, bien incommodes; elle pensa en laisser
un dans un trou, et fut deux ou trois fois au moment de se désespérer. Alphonse, tantôt l'aidant,
tantôt se moquant, lui promettait de l'aguerrir;
il revint content de tout et disposé à passer beaucoup de choses à mademoiselle Raymond. Il la
trouva de moins mauvaise humeur que la veille.
Madame d'Aubecourt n'avait point amené de
femme de chambre, en sorte que mademoiselle
Raymond lui avait proposé, pour la servir, une
jeune paysanne nommée *Gothon*, dont elle était
la marraine, et que madame d'Aubecourt avait
acceptée avec sa grâce et son amabilité ordinaires, disant que de la main de mademoiselle Raymond elle était sûre qu'elle lui conviendrait.
Mademoiselle Raymond, enchantée, s'était re-
dressée, s'était perdue dans quelques phrases de
compliments, et avait fini par assurer que mademoiselle Lucie avait l'air doux comme madame

sa mère, et que M. Alphonse, quoiqu'un peu vif, était extrêmement aimable.

Les dispositions de M. d'Aubecourt se ressentirent de ce retour de bienveillance. Quand mademoiselle Raymond avait de l'humeur, tout le monde en avait dans la maison, car tout le monde était grondé. C'était au fond une assez bonne fille, mais facile à fâcher, sujette aux préventions, et qui, accoutumée à être la maîtresse, craignait tout ce qui pouvait gêner son autorité. Quand elle vit que madame d'Aubecourt ne se mêlait de rien dans la maison, elle perdit toute l'aigreur que lui avait causée son arrivée. Monsieur d'Aubecourt, qui avait été balancé entre le désir de dépenser moins d'argent et la crainte du dérangement que devait faire l'établissement de sa belle-fille dans le château, se rassura lorsqu'il sut que madame d'Aubecourt avait refusé de faire des visites dans le voisinage, disant que sa situation et celle de son mari ne lui permettaient pas de voir personne. Elle prenait d'ailleurs le plus grand soin de se conformer à toutes ses habitudes; ainsi tout allait assez bien, pourvu qu'Alphonse et Lucie ne parlassent guère pendant le dîner, parce que M. d'Aubecourt, accoutumé à manger seul, assurait que le bruit le gênait; pourvu qu'ils eussent soin de ne rire jamais que des lèvres, car un éclat de rire faisait tressaillir M. d'Aubecourt comme un coup de pistolet; et pourvu qu'ils n'entrassent jamais dans son jardin particulier, qu'il soignait lui-même, et dont il comptait chaque jour les branches et bourgeons; il n'aurait pu, sans frissonner de crainte, y voir entrer Alphonse, toujours turbulent, et remuant de côté et d'autre; et Lucie, dont le schall pendant pouvait, en passant, accrocher et casser quelques branches.

Madame d'Aubecourt était depuis six semaines environ à Guicheville quand elle reçut une lettre de son mari, qui lui apprenait qu'une de leurs parentes, la petite Adélaïde d'Orly, habitait un village à deux lieues de là. Adélaïde devait être alors à peu près de l'âge de Lucie : elle avait perdu sa mère en venant au monde, on l'avait mise en nourrice chez une paysanne de la terre de M. d'Orly; comme elle était extrêmement délicate et que l'air du pays lui était bon, on l'y avait laissée fort longtemps. La révolution était arrivée, son père avait quitté la France, et ne pouvant emmener avec lui un enfant de trois ans, âge qu'elle avait alors, il avait pensé que le plus sage était de la laisser encore chez sa nourrice.

où il espérait la venir bientôt reprendre. Les
choses avaient tourné autrement ; M. d'Orly était
mort peu de temps après son arrivée en pays
étranger, ses biens avaient été vendus, et la
nourrice d'Adélaïde, devenue veuve, s'était re-
mariée et avait quitté le pays, emmenant Adélaïde, qui n'avait plus qu'elle pour appui. On
avait été longtemps sans savoir où elle était
allée : enfin on venait de l'apprendre. M. d'Aubecourt, qui l'avait su par un autre parent, re-
commandait à sa femme d'aller voir Adélaïde.

M. d'Orly était le neveu de M. d'Aubecourt le
père, et avait été ami intime de son fils ; il lui
avait demandé en mourant de prendre soin de
sa fille. M. d'Aubecourt en avait parlé plusieurs
fois à son père dans ses lettres, celui-ci n'avait
jamais répondu sur ce point ; d'où M. d'Aubecourt avait conclu qu'il ignorait totalement ce
qu'elle était devenue. M. d'Aubecourt le père en
savait pourtant quelque chose. La nourrice ayant
appris, un an auparavant, qu'il était le grand-
oncle d'Adélaïde, était venue le voir. M. d'Aubecourt, qui craignait tout ce qui pouvait le déran-
ger et lui coûter de l'argent, avait cherché à croire
qu'elle lui faisait un conte et qu'Adélaïde était
morte comme il l'avait entendu dire. Mademoi-

selle Raymond, qui n'aimait pas les enfants, l'avait confirmé dans cette opinion, qu'elle croyait peut-être fondée, parce qu'on est porté à croire ce que l'on désire. La nourrice, assez mal reçue, et d'ailleurs ne se souciant pas qu'on lui ôtât Adélaïde, qu'elle aimait comme son enfant, n'avait pas insisté, et Adélaïde était toujours avec elle.

Aussitôt que madame d'Aubecourt eut reçu cette nouvelle, elle en parla à son beau-père, en lui annonçant le projet d'aller voir Adélaïde.

M. d'Aubecourt parut assez embarrassé, et mademoiselle Raymond, qui se trouvait là, assura madame d'Aubecourt que le chemin était très-mauvais et qu'il lui serait impossible d'y arriver. Madame d'Aubecourt vit bien qu'ils savaient déjà ce qu'elle avait cru leur apprendre, et que son projet ne plaisait pas beaucoup à M. d'Aubecourt. Cependant, quel que fût son désir de l'obliger, elle ne crut pas devoir y renoncer. L'extrême douceur de madame d'Aubecourt ne l'empêchait pas d'être d'une grande fermeté sur ce qu'elle regardait comme son devoir. Elle partit donc un matin avec Lucie, enchantée de faire connaissance avec sa cousine, et avec Alphonse, ravi de faire quatre lieues à pied.

En approchant du village, ils se demandaient

quelle tournure devait avoir leur cousine, élevée
parmi les paysans.

— Peut-être cette tournure-là, dit Alphonse en
montrant une jeune fille qui accourait avec deux
ou trois petits garçons pour les voir passer. Il y
avait une mare le long du chemin qu'ils sui-
vaient; les enfants, pour les voir de plus près, se
mirent à courir dans la mare en les éclabous-
sant. Alphonse voulut prendre des pierres pour
les leur jeter; sa mère l'en empêcha.

— Cela serait pourtant plaisant, dit-il, si c'é-
tait à ma cousine que j'eusse voulu jeter des
pierres.

Lucie se récria contre cette idée, et l'un des
petits garçons ayant nommé la jeune fille *Marie*,
elle fut toute soulagée de ce que ce n'était
pas sa cousine Adélaïde d'Orly qu'elle avait vu
barboter de cette sorte avec une troupe de petits polissons.

Ils arrivèrent à la maison qu'habitait la nourrice d'Adélaïde; ils la trouvèrent accablée d'une
maladie de langueur qui la minait depuis six
mois. Madame d'Aubecourt s'étant nommée, cette
pauvre femme, qui la connaissait, lui dit qu'elle
était bien heureuse de la voir avant de mourir;
que, comme elle ne pouvait plus sortir, elle avait

eu l'intention de faire écrire par le maire à monsieur d'Aubecourt, car, disait-elle, not' fille (c'était
ainsi qu'elle appelait Adélaïde) n'aura plus personne quand elle ne m'aura plus. Elle avait perdu
son second mari, elle n'avait pas d'enfants, et
elle ne doutait pas que ses beaux-frères ne vins-
sent, aussitôt après sa mort, s'emparer de tout,
et chasser son enfant, qui alors n'aurait seulement pas de pain, car elle n'avait rien à lui laisser ; et cette pauvre bonne femme se mit à pleurer. Elle ajouta qu'elle avait été voir M. d'Aubecourt, qui n'avait pas voulu l'écouter, et elle
commençait à se répandre en plaintes sur la dureté des parents d'Adélaïde, qui la laissaient à la
charge d'une pauvre femme comme elle. Madame
d'Aubecourt l'interrompit pour lui demander si
elle avait des papiers. La fermière lui montra
une attestation du maire et de douze des princi-
paux habitants de la commune qu'elle avait quittée, certifiant que l'enfant qu'elle emmenait avec
elle était bien réellement la fille de M. d'Orly,
baptisée sous le nom de *Marie-Adélaïde*, et un
autre du maire de la commune où elle se trouvait, certifiant que la jeune fille qui vivait avec
elle sous le nom de *Marie* était bien la même que
celle qu'elle avait amenée dans sa commune, et

dont l'âge et le signalement se rapportaient exactement à ceux de Marie-Adélaïde d'Orly.

— Marie! s'écria Lucie lorsqu'elle entendit ce nom.

— Oui, vraiment, dit la fermière, la bonne Vierge est sa vraie patronne, elle l'a sauvée d'une grande maladie; on ne l'appelle que comme cela dans le village.

Lucie et son frère se regardèrent, et Alphonse se mit à rire de l'idée qu'il avait pensé jeter des pierres à sa cousine. Marie arriva dans ce moment en chantant à pleine voix; elle portait une bourrée qu'elle avait été ramasser, elle la jeta à terre en entrant, et parut un peu étonnée de voir chez sa nourrice les dames qu'elle avait éclaboussées et le petit monsieur qui avait voulu lui jeter des pierres.

— Embrasse mademoiselle ta cousine, Marie, lui dit sa nourrice, si toutefois elle veut bien le permettre.

Marie n'avançait pas, ni Lucie non plus.

— Elle était faite pour avoir aussi de beaux habits, dit la nourrice d'un air un peu piqué; mais que pouvait de plus une pauvre femme comme moi! Madame d'Aubecourt se hâta de répondre à la nourrice que toute la famille lui

avait beaucoup d'obligations. Lucie, sur un
signe de sa mère, avait été, en rougissant, embrasser sa cousine. Ce n'était pas par hauteur
qu'elle avait tardé d'abord; mais l'idée d'avoir
une cousine paysanne l'étonnait beaucoup, et
tout ce qui l'étonnait l'embarrassait. Marie,
aussi étonnée qu'elle, s'était laissé embrasser
sans remuer et sans le lui rendre. Madame d'Aubecourt la prit par la main, l'attira vers elle
avec bonté, et remarqua combien elle ressemblait à son père. La ressemblance, en effet, était
frappante. Marie était fort jolie, elle avait de
beaux yeux noirs très-vifs, et en même temps
très-doux, quoique les habitu : de son éducation donnassent de la brusquerie à ses manières;
elle avait des dents charmantes, et aurait eu un
joli sourire s'il n'eût été gâté par la gaucherie,
l'embarras et l'habitude des mouvements forts;
son teint un peu âlé était animé et brillant de
santé; elle était bien faite, grande pour son âge;
et si elle ne s'était pas tenue si mal, elle aurait
eu de la noblesse sous ses habits grossiers. Il fut
impossible de lui faire lever la tête ni répondre
un mot aux questions de madame d'Aubecourt.
La nourrice se désolait :

— Elle est comme ça, disait-elle; si elle s'est

fourré quelque chose dans la tête, vous ne l'en feriez pas sortir ; et elle se mit à crier pour gronder Marie, à qui cela ne parut pas faire la moindre impression. Madame d'Aubecourt excusa Marie sur son embarras, et dit qu'elle avait l'air doux ; alors la nourrice se mit à faire son éloge avec autant de chaleur qu'elle en avait apporté à se fâcher contre elle. Marie souriait et la regardait avec amitié, mais toujours sans rien dire et sans remuer de sa place.

Madame d'Aubecourt promit à la nourrice qu'elle entendrait bientôt parler d'elle, et emporta les papiers de Marie, qu'elle lui confia avec un peu de peine. Madame d'Aubecourt était bien sûre qu'elle parviendrait à engager son beaupère à la recevoir chez lui ; il était le plus proche parent qu'elle eût en France, et il était bien impossible qu'il ne sentît pas ce que le devoir lui prescrivait à son égard ; mais elle savait quelle contrariété cela lui causerait. Ses enfants ne parlèrent d'autre chose pendant leur retour à Guicheville. M. d'Aubecourt attendait avec quelqu'inquiétude le résultat de la visite : il n'y avait rien à opposer aux preuves qu'on lui apportait ; cependant il dit qu'il lui fallait encore des renseignements. Madame d'Aubecourt écrivit à tous ceux qui pouvaient lui en donner : ils furent tous conformes aux premiers ; il n'y eut plus moyen de douter que Marie ne fût véritablement Adélaïde d'Orly. Alors M. d'Aubecourt dit :

— Je verrai.

Mais la nourrice s'étant sentie plus mal et n'entendant pas parler de madame d'Aubecourt, qu'un gros rhume avait empêché de l'aller voir, fit écrire à M. d'Aubecourt par le maire ; on avait su aussi, depuis qu'on parlait de Marie dans le château, combien dans le pays on murmurait de ce que M. d'Aubecourt avait abandonné sa petite-nièce. La visite de madame d'Aubecourt chez la nourrice avait répandu le bruit qu'il allait enfin la recueillir. M. d'Aubecourt en entendait parler au régisseur, au curé, et surtout à mademoiselle Raymond, à qui cela donnait beaucoup d'humeur, et qui par cette raison en parlait tous les jours. M. d'Aubecourt, pour se débarrasser d'une chose qui le tourmentait, donna son consentement dans un moment d'impatience, et madame d'Aubecourt se hâta d'en profiter. La situation de Marie l'inquiétait véritablement, et elle s'affligeait de tout ce temps non-seulement perdu pour son éducation, mais employé à en recevoir une mauvaise.

Après avoir fait prévenir la nourrice du jour où elle viendrait chercher Marie, ils partirent un matin, elle et ses enfants, montés sur des ânes. Celui qui devait emmener Marie était monté par une paysanne que madame d'Aubecourt avait louée pour servir la nourrice dans sa maladie, que malheureusement elle prévoyait ne pouvoir être longue ; n'ayant pas les moyens de la récompenser de ce qu'elle avait fait pour Marie, elle voulait au moins s'acquitter de la manière qui était en son pouvoir : elle lui avait déjà envoyé quelques médicaments propres à son état, et quelques provisions un peu plus délicates que celles auxquelles elle était accoutumée. Au reste, madame d'Aubecourt avait appris, avec une extrême satisfaction, que cette bonne femme jouissait d'une sorte d'aisance.

En arrivant à la porte, ils la trouvèrent fermée ; ils frappèrent, et furent quelque temps sans qu'on leur ouvrît. Madame d'Aubecourt éprouvait une excessive inquiétude, elle craignait que la nourrice ne fût morte, et alors qu'était devenue Marie? La nourrice elle-même vint enfin leur ouvrir malgré sa faiblesse, et leur dit qu'elle avait fermé sa porte, parce que Marie, la veille, croyait que c'était ce jour-là qu'on devait venir la chercher,

s'était sauvée de la maison, et n'y était rentré
qu'à la nuit, et qu'elle avait voulu l'empêcher
d'en faire autant ce jour-là. Marie, les yeux gros
et rouges à force d'avoir pleuré, était debout dans
un coin; elle ne pleurait plus, mais elle demeu-
rait immobile et ne disait mot. Madame d'Aubecourt alla à elle pour l'engager doucement à la
suivre, lui promettant qu'on la ramènerait voir sa
nourrice. Lucie et Alphonse allèrent l'embrasser.
A tout cela elle ne répondit rien et ne fit pas un
mouvement. Sa nourrice l'exhortait, la grondait,
puis se mettait à pleurer et à se désoler de ce
qu'elle allait la perdre; tout cela n'obtenait pas
un mot de Marie; seulement, quand la nourrice
pleurait, les larmes de cette pauvre enfant recom-
mençaient à couler le long de ses joues. Enfin
madame d'Aubecourt voyant qu'on n'en pouvait
venir à bout, s'approcha d'elle, et prenant un de
ses bras sous le sien, lui dit d'un ton ferme :

— Allons, Marie, il faut que tout cela finisse;
ayez la bonté de venir avec moi sur-le-champ.
Étonnée de ce ton d'autorité auquel elle n'était
pas accoutumée, Marie se laissa conduire; Alphonse prit son autre bras en lui disant :

— Allons, ma petite cousine. Mais en passant
auprès de sa nourrice, elle se jeta sur elle pour

2

l'embrasser en pleurant et en sanglotant de toutes ses forces ; la nourrice pleura et sanglota comme elle, et madame d'Aubecourt, toute émue, fut cependant encore obligée d'employer son autorité pour les séparer.

Enfin Marie est sur son âne, elle va sans rien dire, et quelquefois laissant échapper de ses yeux de grosses larmes. Cependant, au bout de quelque temps elle commence à sourire des caracoles qu'Alphonse essaie de faire faire à sa monture. Tout d'un coup l'âne de Lucie rue et menace de s'abattre. Marie est sautée à bas du sien avant tous les autres ; elle court au secours de Lucie, qui criait et ne pouvait plus se tenir ; elle parle à l'âne, de la voix et du bâton, le fait rentrer dans le devoir ; mais voyant qu'il est prêt à recommencer, elle oblige Lucie à prendre le sien, qui est plus doux, disant qu'elle saura bien venir à bout de l'autre. Ce petit incident établit tout-à-fait la bonne intelligence entre les deux cousines. Marie commence à s'égayer, à défier Alphonse à la course, et oublie tout-à-fait ses chagrins et son embarras, lorsqu'en arrivant à Guicheville, la vue de mademoiselle Raymond et de M. d'Aubecourt la fait rentrer dans le silence et l'immobilité. Elle en est bientôt tirée par le chien de ma-

demoiselle Raymond, qui arrive en aboyant de
toutes ses forces : comme la plupart des chiens
élevés dans la chambre, il n'aimait pas les gens
mal mis : l'habillement de Marie le choquait : il
s'élance sur elle comme pour la mordre ; Marie
lui donne un grand coup de pied qui le renvoie au
milieu de la chambre ; le chien jette les hauts
cris. Mademoiselle Raymond accourt, prend son
chien dans ses bras avec un air de colère qui an-
nonce tout ce qu'elle va dire et ce qu'elle dirait
sans tarder, si la présence de madame d'Aubecourt ne la forçait un peu à chercher ses expres-
sions. Alphonse la prévient en lui disant que si
son chien était mieux élevé, il ne se serait pas
attiré un traitement pareil. Alors mademoiselle
Raymond ne peut plus se contenir. Madame d'Aubecourt d'un signe impose silence à son fils, qui
voudrait répondre ; mademoiselle Raymond, que
ce signe, quoiqu'il ne lui soit pas adressé, oblige
aussi à se contenir, s'en va emportant son chien
et tout son ressentiment.

De ce moment la guerre fut déclarée. Zizi, qui
se souvenait du coup de pied, ne rencontrait pas
Marie sans lui montrer les dents ; et s'il s'approchait un peu trop, un autre coup de pied l'écartait sans l'adoucir. Alphonse ne rencontrait pas

Zizi sans le menacer du doigt ou d'une baguette;
et mademoiselle Raymond, toujours occupée à
courir après son chien, à le défendre de ses enne-
mis, n'avait plus un moment de repos entre ses
craintes pour la sûreté de Zizi et son aversion
pour Marie, dont elle épiait avec avidité toutes
les sottises; et les sottises de Marie étaient presque aussi fréquentes que ses mouvements.

Elle n'en fit pourtant pas d'abord beaucoup
devant M. d'Aubecourt; elle osait à peine élever
la voix ou remuer en sa présence; à table, pendant les premiers jours, il était impossible de la
faire manger; mais aussitôt qu'on était sorti de
table, elle s'emparait d'un gros morceau de pain
qu'elle allait manger en courant dans le jardin,
où Alphonse allait bientôt la rejoindre; c'était
celui de la maison avec qui elle s'entendait le
mieux. Tous deux gais, vifs, étourdis, entrepre-
nants, ils se le disputaient de folies. Marie, extrêmement adroite, apprenait à Alphonse à viser,
avec des pierres, les chats qui passaient dans les
gouttières; et dans l'apprentissage, il arriva deux
fois à Alphonse de casser des vitres, dont l'une
appartenait à la fenêtre de mademoiselle Raymond. En revanche, il apprenait à sa cousine à
faire des armes, et ils rentraient souvent tous

deux le visage égratigné. Marie savait, avec des épingles, arranger ses jupons de manière à pouvoir grimper aux arbres et aux murs. Madame d'Aubecourt la surprenait quelquefois dans cet exercice, et alors elle la grondait sévèrement. Marie rentrait aussitôt dans la tranquillité et dans la modestie : elle respectait beaucoup madame d'Aubecourt et n'aurait jamais eu l'idée de lui désobéir en face ; mais aussitôt qu'elle n'était plus avec elle, soit étourderie, soit qu'elle ne comprît pas la nécessité d'obéir, parce qu'on ne l'y avait jamais accoutumée, elle semblait oublier tout qu'on lui avait dit. Alphonse quelquefois le lui rappelait, et elle écoutait volontiers Alphonse, car elle avait confiance en lui ; elle n'était pas opiniâtre ; mais comme on ne lui avait point appris à réfléchir, ses idées ne s'étendaient jamais au-delà du moment, et quand une fantaisie la dominait, elle ne pensait pas à autre chose. Elle parlait fort peu et remuait presque toujours : le mouvement était sa vie. Quand la timidité la forçait à se tenir tranquille, cette tranquillité ne tournait pas pour elle au profit de la réflexion ; la contrainte où elle se trouvait absorbait tout son esprit, et elle ne songeait qu'aux moyens de s'en délivrer le plus tôt qu'il lui serait possible.

Elle ne faisait point, comme les autres jeunes filles de son âge, des remarques sur ce qu'elle voyait autour d'elle. On lui avait demandé si elle ne trouvait pas le château de Guicheville plus beau que la maison de sa nourrice; elle avait répondu qu'elle le trouvait plus beau; mais elle ne songeait pas à jouir des agréments et des commodités qui s'y trouvaient, et elle s'asseyait plus volontiers sur les tables que sur les chaises. Madame d'Aubecourt lui avait fait faire une robe semblable à celle que Lucie portait tous les jours : elle avait été enchantée de se voir mise commme une dame; mais la robe était toujours de travers, le cordon de la coulisse d'en haut noué le plus souvent avec celui de la coulisse du bas de la taille. Elle oubliait la moitié du temps de mettre ses bas; et ses cheveux, qu'on avait fait couper et arranger, étaient toujours ébourriffés d'un côté ou de l'autre. On lui avait fait faire un corset, elle se l'était laissé mettre sans rien dire, car elle ne résistait jamais; mais l'instant d'après le lacet avait été rompu et les baleines brisées; on l'avait raccommodé deux ou trois fois, enfin il avait fallu y renoncer. Une fois madame d'Aubecourt avait envoyé Marie voir sa nourrice, accompagnée de Gothon : tandis que cette fille était allée faire une course dans le village, Marie s'était sauvée dans les champs pour qu'on ne la remmenât pas. Il avait fallu la chercher une partie de la journée, et tout avait été en émoi à Guicheville, où l'on s'inquiétait de ne pas la voir revenir.

Tous ces faits étaient recueillis avec soin par mademoiselle Raymond, et elle n'avait pas de peine à en être informée ; c'était un sujet perpétuel de conversation entre Lucie et Gothon. Lucie ne pouvait s'accoutumer aux manières de sa cousine. Elle tirait d'ailleurs fort peu d'amusement de son arrivée à Guicheville ; car madame d'Aubecourt, dans la crainte que Marie ne donnât à Lucie quelques-unes de ses mauvaises habitudes, les laissait très-peu seules ensemble. Lucie voyait même beaucoup moins son frère, qui, dès qu'il avait fini ses leçons, courait chercher Marie pour partager avec elle des exercices qui ne convenaient guère à Lucie ; en sorte qu'un peu par désœuvrement, celle-ci cherchait son divertissement dans les nouveaux sujets de blâme ou d'étonnement que lui fournissait perpétuellement la conduite de Marie. Gothon, sa confidente, en causait à son tour avec sa marraine mademoiselle Raymond, qui en entretenait M. d'Aubecourt.

Il y avait mis peu d'importance tant qu'il ne s'en était pas directement ressenti; mais au bout de quelque temps, lorsque Marie avait commencé à s'accoutumer aux objets et aux personnes qui l'entouraient, le cercle de ses sottises s'était étendu et était parvenu jusqu'à lui. Depuis qu'elle osait parler et remuer à table, elle n'y parlait guère sans crier; et si elle se tournait pour voir quelque chose, c'était d'un mouvement si brusque, que d'un coup de son coude elle jetait son assiette à terre ou ébranlait toute la table. Si elle grimpait sur un fauteuil du salon pour atteindre quelque chose, elle renversait le fauteuil et tombait avec: un des bras se brisait, et l'un des pieds déchirait les tapis d'une table qui se trouvait à côté. Alphonse avait bien averti Marie de ne pas entrer dans le jardin de son grand-père; mais cet avis était oublié dès que le jardin se trouvait être le chemin le plus court pour aller d'un endroit à un autre, que le volant y était tombé, ou bien qu'il s'agissait d'y poursuivre un chat ou un papillon. Dans ces cas-là, M. d'Aubecourt trouvait toujours une branche de rosier cassée, une plate-bande enfoncée; et toujours mademoiselle Raymond, dont la fenêtre donnait sur le jardin, avait vu Marie entrer ou sortir. Ces griefs

multipliés aigrissaient d'autant plus M. d'Aubecourt, qu'il ne s'en plaignait pas ouvertement,
mais par des phrases détournées; tantôt disant
qu'à son âge on ne pouvait guère espérer d'être
maître chez soi, et qu'il était bien simple qu'on
s'embarrassât fort peu des vieilles gens et de ce
qui leur déplaisait; tantôt assurant qu'on pouvait faire de son jardin tout ce qu'on voudrait, et
qu'il ne s'en souciait plus. Madame d'Aubecourt
entendait tout cela, et s'en désolait; et comme
elle voyait la présence de Marie causer à M. d'Aubecourt une agitation toujours croissante, elle
l'écartait du salon le plus qu'il lui était possible.

Mais cette nécessité lui était extrêmement pénible, elle sentait bien que le seul moyen d'obtenir quelque chose de Marie était de gagner sa
confiance, ce qui ne pouvait se faire qu'à la longue, en la quittant fort peu, en s'intéressant
d'abord aux choses qui l'amusaient et lui plai-
saient; en tâchant de lui faire prendre du plaisir
à celles qu'elle ne connaissait pas encore; en
causant avec elle pour tâcher de l'obliger à réfléchir, et pour conduire à quelques idées son esprit
naturellement vif, mais dépourvu de toute cul-
ture. Si elle en eût été la maîtresse, elle lui

aurait passé d'abord toutes les fautes d'étourderie, d'irréflexion et d'ignorance, réservant sa sévérité pour les choses graves ; ou plutôt, sans user de sévérité, elle serait parvenue à conduire Marie par le seul désir de la satisfaire. Au lieu de cela, obligée de gronder sans cesse pour des fautes légères, mais qui indisposaient sérieusement M. d'Aubecourt, elle ne se conservait plus de moyens d'appuyer d'une manière particulière sur les choses plus importantes. D'ailleurs il arriva que, pour la première fois de sa vie, M. d'Aubecourt eut une violente attaque de goutte ; comme il ne pouvait plus se promener dans sa maison et dans son jardin, la société de sa belle-fille lui devint nécessaire, en sorte qu'elle ne quitta presque pas sa chambre, et que Marie demeura bien plus souvent livrée à elle-même, sans autre surveillant ni précepteur qu'Alphonse.

Il ne lui était pas tout-à-fait inutile. La déraison de Marie le rendait raisonnable ; son défaut d'éducation lui faisait mieux sentir les avantages de celle qu'il avait reçue ; il la reprenait des mots grossiers qui lui échappaient quelquefois ; il lui apprenait à parler français, la grondait quand il lui arrivait de redire une phrase qu'il lui avait déjà reprochée, et par les conseils de sa mère il lui faisait répéter la leçon de lecture qu'elle lui donnait tous les matins. Elle faisait avec plaisir ce que voulait Alphonse, qui l'aimait et se trouvait bien avec elle, et dont la présence ne l'embarrassait jamais, parce qu'il avait les mêmes goûts qu'elle. Aussi, quand elle avait bien pris sa leçon de lecture, quand il voyait qu'elle avait soin de prononcer les mots comme il les lui enseignait, il ne souffrait pas patiemment qu'on l'accusât; il aimait à vanter son adresse et son intelligence dans leurs jeux, la vivacité et en même temps la douceur de son caractère.

En effet, comme il le faisait remarquer à sa mère, on n'avait jamais vu Marie en colère, jamais on ne l'avait vue s'impatienter d'attendre, ni se fâcher d'une contrariété. Toujours prête à obliger, le peloton de laine n'était pas plus tôt à terre qu'elle l'avait ramassé, et elle était toujours arrivée la première pour aller chercher le mouchoir de madame d'Aubecourt à l'autre bout de la chambre. Si en déjeunant elle voyait un pauvre, elle ne manquait pas de lui donner presque tout son pain ; et un jour qu'un chat s'était jeté sur Zizi et le maltraitait, Marie, malgré les égratignures et la colère du chat, l'arracha de dessus le dos de Zizi, qu'il avait déjà mis en sang, et le jeta bien loin, en se fâchant pour la première fois de sa vie contre Alphonse de ce qu'il riait de l'embarras de Zizi au lieu de le délivrer. Alphonse rit encore davantage de la colère de sa cousine, mais il la raconta à sa mère. Lucie, qui avait vu aussi l'action de Marie, la raconta à Gothon, et celle-ci à mademoiselle Raymond; mais mademoiselle Raymond était si animée contre Marie, que, pour qu'elle fût touchée d'une chose qui venait d'elle, il aurait fallu que Zizi la racontât lui-même.

Cependant ces différents traits de la bonté de Marie commençaient à donner à sa cousine plus d'affection pour elle. La Fête-Dieu approchait, Lucie avait travaillé plusieurs jours avec beaucoup d'activité à un ornement destiné au reposoir qui devait être élevé dans la cour du château; Marie l'avait vue travailler avec beaucoup de plaisir. Elle avait un grand respect pour les cérémonies de l'église; c'était là à peu près toute l'éducation religieuse qu'avait pu lui donner sa pauvre nourrice. Privée longtemps de curé et de messes, elle les avait infiniment regrettés; lorsque les pratiques de la religion avaient recommencé, cela avait été pour elle une grande joie, et Marie l'avait partagée, quoique sans en bien connaître la raison, car sa doctrine ne s'étendait pas fort loin ; mais elle se fâchait toujours quand les petits garçons de son village proféraient quelqu'impiété, et elle leur disait que le bon Dieu les punirait. Elle avait appris les prières pour chanter à l'église avec les prêtres, ce qui embarrassait un peu Lucie, parce que cela faisait regarder de leur côté ; mais madame d'Aubecourt laissait faire Marie, parce qu'elle chantait de bon cœur : c'était d'ailleurs un moyen d'être sûre qu'elle se tiendrait tranquille à l'église. Elle y allait volontiers parce que sa nourrice lui avait dit de prier Dieu pour elle ; et elle avait cru faire une œuvre méritoire en se tenant auprès du métier de Lucie, tandis qu'elle travaillait à l'ornement du reposoir, pour lui couper ses soies, lui enfiler ses aiguilles et lui présenter ses ciseaux.

Depuis le jour où elle s'était sauvée dans les champs pour ne pas retourner à Guicheville, on ne l'avait pas renvoyée chez sa nourrice, sous prétexte de la punir, mais en effet parce que la pauvre femme était si mal qu'elle ne paraissait plus sensible à rien. Madame d'Aubecourt y avait été plusieurs fois sans en être reconnue : elle veillait avec soin à ce que rien ne lui manquât de ce qui pouvait adoucir son état, mais elle désirait épargner ce spectacle à Marie : celle-ci, distraite par une foule d'objets, n'y pensait que de temps en temps, et alors elle manifestait une grande impatience de revoir sa nourrice ; elle était loin de la croire en danger, et se flattait, comme on le lui avait fait espérer, que lorsqu'elle serait rétablie elle viendrait à Guicheville. La veille de la Fête-Dieu, étant dans la cour, elle voit arriver un paysan du village de sa nourrice ; elle court à lui, lui demande comment elle se porte, et si elle sera bientôt en état de venir à Guicheville.

— Ah ! la pauvre femme, dit le paysan en secouant la tête, elle n'ira plus que dans l'autre monde ; ils disent tous que ce ne sera pas long.

Marie est frappée comme d'un coup de foudre ; cette idée ne lui était jamais venue. Pâle et tremblante, elle demande au paysan si sa nourrice est donc devenue plus malade, comment, et depuis quand.

— Ah ! mademoiselle Marie, dit le paysan, depuis que vous l'avez quittée elle a toujours été déclinant, c'est ce qui l'a achevée.

Le paysan se trompait, car dans le peu de moments de connaissance dont elle avait joui depuis ce départ, elle s'était beaucoup félicitée d'être tranquille sur le sort de Marie; mais ce qu'il disait était le bruit du village. Marie, pleurant et sanglotant, court trouver Alphonse, car elle n'osait s'adresser à madame d'Aubecourt, et elle le supplie de demander à sa mère de lui permettre d'aller voir sa nourrice.

— Je reviendrai, disait-elle en joignant les mains; dites que je lui promets de revenir, de revenir aussitôt que Gothon me l'aura dit.

Alphonse tout ému courait demander à sa mère la permission que sollicitait Marie; il rencontre sa sœur, qui lui apprend tout bas qu'on vient d'annoncer que la nourrice est morte de la veille au soir. Le paysan avait couché à la ville, et ainsi il n'en savait rien. Marie, qui suit de loin Alphonse, le voit s'arrêter à parler avec Lucie.

— Ah! dit-elle, ne l'empêchez pas de demander que j'aille la voir, je vous promets que je reviendrai! Et son air était si suppliant, ses sanglots si profonds, que Lucie eut de la peine à s'empêcher de pleurer en l'écoutant. Tous deux lui firent un signe pour la tranquilliser, et coururent vers leur mère pour l'instruire du désir de Marie.

Madame d'Aubecourt ne voulait pas lui apprendre en ce moment la mort de sa nourrice. Quoique la santé de Marie fût en général très-

bonne, elle avait eu depuis quelques jours deux
ou trois accès de fièvre qui tenaient à ce qu'elle
grandissait beaucoup, et elle craignait que cette
nouvelle ne lui fît mal. Elle vient donc trouver
Marie, cherche les moyens de la calmer, lui promet que dans quelques jours elle fera ce qu'elle
voudra; mais elle lui dit que dans ce moment
cela est impossible; que Gothon, Lucie et elle-
même sont occupées à travailler pour la fête du
lendemain; elle l'assure qu'on se trompe en
croyant que c'est son départ qui a fait mal à sa
nourrice; enfin elle parvient à la rendre un peu
plus tranquille. Mais Marie, pour la première
fois de sa vie, sent un chagrin qui s'est fixé sur
son cœur et qui ne la quitte pas; elle pense à sa
pauvre nourrice, à la dernière fois qu'elle l'a em-
brassée, au chagrin qu'elle avait de la voir partir, et alors elle jette des cris de douleur; elle
prie Dieu, et plusieurs fois dans la nuit elle ré-
veille Lucie en disant à demi-voix, à genoux sur
son lit, tout ce qu'elle sait de prières. Elle pense
que c'est le lendemain une grande fête, et que ce
sera le moment de demander à Dieu qu'il rende
la santé à sa nourrice. Comme sa dévotion n'est
pas fort raisonnable, elle s'imagine que pour mériter cette grâce il n'y a rien de mieux que de

contribuer de tout son pouvoir à orner le reposoir qu'on va dresser dans la cour du château :
en conséquence, elle se lève avant le jour, et sort
de la chambre sans qu'on l'entende, pour aller
chercher dans un certain endroit du parc qu'elle
a remarqué des fleurs qu'elle y a vues, et dont
elle veut faire des bouquets et des guirlandes ;
mais en arrivant, elle voit avec chagrin qu'une
forte pluie qu'il a fait la veille a défleuri tous les
arbres, elle ne peut trouver une branche fraîche,
et dans tout le reste du parc, presque tout est
bois de haute futaie ; il n'y a pas moyen d'espérer de rencontrer de quoi faire un bouquet. En
cherchant, cependant, elle passe auprès du jardin
de M. d'Aubecourt, qui au point du jour exhalait
une odeur charmante ; elle pense que si elle en
prend quelques fleurs on ne s'en apercevra pas :
elle commence par en cueillir avec précaution en
différents endroits ; puis, lorsqu'elle en a pris
une belle, il en faut une pareille pour faire le pendant de l'autre côté du reposoir ; son zèle et son
goût de la symétrie l'entraînent à chaque instant
dans de nouvelles tentations ; et puis elle vient à
songer que M. d'Aubecourt a la goutte, qu'il ne
verra pas ses fleurs, que personne n'en profite-
rait, et que personne ne saura ce qu'elle a fait ;

alors elle oublie toute prudence, et le jardin est presqu'entièrement dépouillé.

Au moment où elle achevait sa récolte, elle voit de la terrasse passer sur le chemin qui se trouve au-dessous du parc le paysan qui lui avait parlé la veille ; elle l'appelle, et le prie de dire à sa nourrice qu'il ne faut pas qu'elle ait trop de chagrin, qu'elle ira bientôt la voir, qu'on le lui a promis.

— Ah ! la pauvre femme ! dit le paysan, vous ne la reverrez plus, mademoiselle Marie : on vous trompe, mais cela ne me regarde pas.

En disant ces mots, il donne un coup de talon à son cheval et s'en va. Marie, dans le plus grand trouble, jette ses fleurs, et va voir dans la cour si elle ne trouvera pas quelqu'un qui lui explique les paroles du paysan. Elle trouve la fille de cuisine qui tirait un seau d'eau au puits ; elle lui demande si madame d'Aubecourt n'a pas envoyé la veille savoir des nouvelles de sa nourrice.

— Ah ! vraiment, envoyé ! dit cette fille, ce n'était pas la peine. Marie s'inquiète, la questionne ; elle refuse de lui répondre.

— Mais pourquoi, dit Marie, Pierre m'a-t-il dit que je ne la verrais plus ?

— Apparemment, répond la servante, qu'il a

ses raisons pour cela; et elle s'en va en disant qu'il faut qu'elle fasse son ouvrage. Marie, quoiqu'il ne lui vienne pas encore dans l'idée que sa nourrice soit morte, s'inquiète pourtant, parce qu'elle voit qu'on lui cache quelque chose. Timide à questionner, elle ne sait comment elle apprendra ce qu'elle veut savoir. Elle voit une petite porte de la cour ouverte. Marie avait si longtemps couru seule dans les champs, qu'elle ne peut croire qu'il y ait un grand mal à cela; accoutumée à céder à tous ses mouvements et à ne pas réfléchir sur les suites de ses actions, tandis que la servante a le dos tourné, elle sort, déterminée à aller savoir elle-même des nouvelles de sa nourrice.

Elle marche le plus vite qu'elle peut, agitée d'inquiétude tantôt pour sa nourrice, tantôt pour elle-même. Elle sait bien qu'elle fait une faute; mais une fois qu'elle a commencé, elle continue. Elle pense à ce que dira Alphonse, qui, toujours prêt à l'excuser auprès des autres, revient ensuite la gronder, quelquefois même assez sévèrement, et à qui elle a promis, quelques jours auparavant, d'être plus docile et plus attentive à ce que lui dirait madame d'Aubecourt. Elle pense que c'est peut-être parce qu'elle ne s'est soumise à rien de ce qu'on voulait d'elle que le bon Dieu l'a punie, car Marie ne sait pas encore que ce n'est pas toujours dans ce monde que Dieu manifeste ses jugements. Cependant elle ne songe pas à revenir, elle ne saurait plus comment rentrer; et puis l'idée de revoir sa nourrice, de la consoler, lui cause un plaisir auquel elle ne peut pas renoncer. Pauvre Marie! à mesure qu'elle approche, elle s'en occupe plus vivement et avec plus de joie. Les inquiétudes qui l'avaient tourmentée se dissipent; elle se hâte, elle arrive au village, court à la porte de sa nourrice et la trouve fermée; elle pâlit, mais cependant sans oser deviner la vérité.

— Est-ce que ma nourrice est sortie? Voilà tout ce qu'elle peut demander à une voisine qu'elle voit sur sa porte et qui la regarde d'un air triste.

— Sortie pour ne plus revenir, répond la voisine. Marie, tremblante et les mains jointes, s'appuie contre le mur.

— On l'a portée en terre hier au soir, ajoute la voisine.

— En terre... hier... comment... où l'a-t-on portée?

— A Guicheville, c'est là qu'est le cimetière.

Marie éprouve un mouvement impossible à rendre en apprenant que la veille, si près d'elle, le convoi funèbre se faisait sans qu'elle en sût rien. Elle se rappelle les cloches qu'elle a entendues; il lui semble que d'avoir ignoré que c'était pour sa pauvre nourrice, c'est comme si elle l'avait perdue une seconde fois; elle pense qu'elle ne la reverra plus, elle s'assied à terre contre la porte et se met à pleurer bien fort. Pendant ce temps la voisine lui raconte que cette pauvre femme a repris sa connaissance quelque temps avant sa mort et qu'elle a prié Dieu pour sa petite Marie; qu'elle en a même parlé au curé de Guicheville, que madame d'Aubecourt avait engagé à venir la voir. Marie pleure encore davantage. La voisine veut l'engager à retourner à Guicheville; mais Marie n'écoute rien. Enfin, lorsqu'elle a bien longtemps pleuré, la voisine l'emmène chez elle, parvient à lui faire boire un peu de lait et manger un morceau de pain; ensuite, quand elle la voit plus calme elle recommence à vouloir lui persuader de retourner à Guicheville; mais Marie, qui est alors en état de réfléchir, ne peut supporter l'idée de revoir madame d'Aubecourt, à qui elle a désobéi. Cependant, que deviendra-t-elle? Ses regrets pour sa nourrice redoublent. Si

elle n'était pas morte, dit Marie en sanglotant,
je resterais avec elle ! Mais ses regrets ne servent
à rien. C'est ce que la voisine veut lui faire entendre, c'est ce que Marie sent bien ; mais comme
la raison ne l'a pas arrêtée au moment où il lui
est venu dans l'idée de quitter Guicheville, la
raison ne la détermine pas à y retourner, quoiqu'elle sache que cela est nécessaire, car Marie
n'a jamais appris à faire usage de la raison pour
gouverner ses penchants, ses désirs ou ses répu-
gnances.

Enfin la voisine voyant, après deux heures de
sollicitations, qu'elle n'en peut rien obtenir, et
que Marie reste là, ou pensive ou pleurant, sans
rien dire et sans se décider à rien, elle prend le
parti d'envoyer à Guicheville avertir madame
d'Aubecourt ; mais quand elle revient des champs,
où elle a été chercher son fils pour le charger de
la commission, elle ne retrouve plus Marie. Elle
la cherche inutilement dans tout le village ; enfin on lui dit qu'on l'a vue passer par un chemin
qui conduit à Guicheville : alors elle soupçonne
qu'elle a pu se rendre au cimetière. Elle y était
allée en effet, mais non pas par le chemin direct,
de peur de rencontrer quelqu'un des habitants
du château. Comme le fils de la voisine n'était

pas encore parti, sa mère lui dit d'aller bien vite par le chemin le plus court avertir au château qu'on doit la chercher de ce côté-là.

Il s'y était passé, pendant l'absence de Marie, une terrible scène. M. d'Aubecourt, qu'elle croyait retenu dans sa chambre encore pour huit jours, s'étant senti beaucoup mieux, avait voulu profiter d'une belle matinée pour aller voir ses fleurs.

En approchant de son jardin, appuyé sur le bras de mademoiselle Raymond, il aperçoit le chapeau de Marie à moitié rempli des fleurs qu'elle y avait ramassées, et dont une partie est éparpillée tout autour. C'était là qu'elle les avait laissé tomber après avoir parlé au paysan ; il reconnaît ses roses panachées, ses geranium tricolores ; il les ramasse avec anxiété, les examine, regarde mademoiselle Raymond, qui secoue la tête et dit :

— C'est le chapeau de mademoiselle Marie !

Il double le pas pour arriver à son jardin ; il semble que l'ennemi y ait passé, des branches sont brisées, des buissons ont été entr'ouverts pour aller chercher une fleur qui se trouvait au milieu ; une plate-bande est toute bouleversée, parce que Marie y est tombée tout de son long, et en tombant elle a cassé une jeune épine-rose nouvellement greffée.

M. d'Aubecourt, dont ses fleurs faisaient toute l'occupation et tout le plaisir, et qui était accoutumé à les voir respecter de tout le monde, est si bouleversé de l'état où il a trouvé son jardin, que, soit aussi que l'air l'ait frappé ou qu'il ait marché trop vite, il pâlit, et s'appuie sur le bras de mademoiselle Raymond en lui disant qu'il se trouve mal. Très-effrayée, elle appelle au secours.

En ce moment arrive madame d'Aubecourt, appelant de son côté Marie, qu'elle est très-inquiète de ne trouver nulle part.

— Mademoiselle Marie! dit mademoiselle Raymond, voyez ce qu'elle a fait; et elle lui montre M. d'Aubecourt, le jardin dévasté, le chapeau rempli de fleurs. Madame d'Aubecourt ne comprend rien à tout cela; mais elle court à son beau-père, qui lui dit d'une voix faible :

— Elle me fera mourir. On le transporte sur son lit, où il demeure longtemps dans le même état. Il éprouve des étouffements qui lui coupent la respiration, la goutte lui est remontée dans la poitrine, on craint à chaque instant qu'il ne suffoque. Madame d'Aubecourt ne sait comment im-

poser silence à mademoiselle Raymond, qui ré-
pète à chaque instant :

— C'est pourtant mademoiselle Marie qui l'a
mis dans cet état-là ! Elle voit que ce nom redouble l'agitation de M. d'Aubecourt. Lucie, qui ne
sait encore rien de tout cela, vient dire à sa mère
qu'il est impossible de retrouver Marie, et qu'il
faudrait peut-être envoyer au village de sa nourrice.

— Oui, cherche-la bien, dit M. d'Aubecourt
d'une voix basse et interrompue par les étouffements, cherche-la bien, pour qu'elle achève de
me faire mourir. Madame d'Aubecourt le conjure
de se calmer, lui dit qu'il est bien sûr qu'on ne
fera que ce qu'il voudra, et que Marie ne se pré-
sentera pas devant lui sans sa permission.

Cependant, la nouvelle de ce que mademoiselle Raymond appelle la méchanceté de Marie
s'est bientôt répandue dans le château. Alphonse
est consterné, non pas qu'il croie à aucune mauvaise intention de sa part ; mais accoutumé à un
grand respect pour ses devoirs, il ne conçoit pas
qu'on s'oublie à ce point. Lucie, qui commençait à
prendre de l'affection pour Marie, s'afflige et s'inquiète. Les domestiques parlent entre eux de
tout cela, sans beaucoup regretter Marie, qui ne

3

s'est pas fait aimer d'eux ; car il ne suffit pas de
la bonté du cœur, il faut réfléchir assez pour la
bien employer et la rendre aimable, et utile aux
autres. Marie, quelquefois familière avec les domestiques, très-souvent ne les écoutait pas quand
ils lui parlaient, ou se moquait de leurs remon-
trances. Elle ne manquait pas de rire quand elle
voyait passer le cuisinier, qui était bossu, et avait
dit plusieurs fois à la fille de cuisine qu'elle était
buche. Marie ne s'était jamais demandé si ces
choses-là faisaient peine ou plaisir à ceux à qui
on les disait.

Presque toute la matinée s'était passée dans
les inquiétudes, et l'homme qu'on avait envoyé
au village de la nourrice n'était pas encore revenu, lorsque le curé vint au château et fit demander madame d'Aubecourt. Comme il sortait de
l'église après avoir fini l'office, il avait rencontré
le fils de la voisine ; et comme il le connaissait, il
lui avait demandé s'il savait ce qu'était devenue
Marie, car il avait appris sa disparition. Le paysan
lui dit ce qui était arrivé, et il ajouta qu'il croyait
que Marie devait être dans le cimetière. Ils y
allèrent, et en effet ils la virent, par-dessus la
haie, assise à terre en pleurant ; ils la virent se
mettre à genoux, les mains jointes, puis baiser

la terre, et ensuite se rasseoir et se remettre à pleurer avec un air de tristesse qui les pénétra jusqu'au fond de l'âme. Il était clair qu'en ce moment Marie pensait qu'elle était seule sur la terre et que personne ne prenait plus intérêt à elle; elle demandait à sa nourrice de prier pour elle.

Ils n'entrèrent pas pour ne pas l'effrayer; mais le curé, laissant le paysan en sentinelle à l'entrée, alla avertir madame d'Aubecourt. Elle se trouva fort embarrassée; elle ne pouvait quitter son beau-père, qui commençait à être mieux, mais que la moindre agitation pouvait faire retomber dans l'état d'où il sortait, et elle savait bien que ni mademoiselle Raymond ni personne de la maison ne parviendrait à ramener Marie. Elle espéra que le curé en viendrait à bout; et comme elle ne voulait pas qu'elle rentrât dans ce moment au château, de peur que le bruit n'en vînt aux oreilles de M. d'Aubecourt, elle le pria de vouloir bien la conduire chez lui, où il avait avec lui sa sœur, ancienne religieuse.

Le curé retourna donc au cimetière : il y retrouva Marie toujours dans la même attitude. Quand elle le vit entrer, elle pâlit et rougit; quelque crainte qu'il lui inspirât, elle se sentait si abandonnée depuis qu'elle n'osait plus retourner au château, qu'elle éprouva une certaine joie à voir quelqu'un qu'elle connaissait.

— Marie, qu'avez-vous fait ? lui dit le curé en l'abordant d'un air un peu sévère. Elle cacha son visage dans ses mains en sanglotant. Savez-vous, continua-t-il, ce qui se passe au château ? M. d'Aubecourt a été si frappé de l'ingratitude que vous lui avez montrée en dévastant le jardin que vous savez qui fait toute sa joie, qu'il en est retombé malade, et madame d'Aubecourt a passé la matinée entre les angoisses que lui donnait l'état de son beau-père, l'inquiétude de votre fuite, et la douleur de votre méchanceté.

— Oh ! monsieur le curé, s'écrie la pauvre Marie, ce n'était pas méchanceté, je vous assure bien, je voulais parer le reposoir pour que Dieu m'accordât la grâce de guérir ma nourrice, et elle était déjà là ! dit-elle en montrant la terre et en redoublant ses sanglots. Le curé, profondément touché de sa douleur et de sa simplicité, s'assied près d'elle sur un banc de gazon, et lui dit avec plus de douceur :

— Croyez-vous, Marie, que ce soit une manière de plaire à Dieu et d'en obtenir des grâces, que d'affliger votre oncle, qui vous reçoit chez lui, de désobéir à madame d'Aubecourt, qui partage

avec vous le peu qu'elle réserve pour ses enfants ?
Si quelque chose peut affliger l'âme des justes,
vous avez contristé celle de votre nourrice, qui
vous voit, j'espère, du haut du ciel, car c'était
une digne femme. Elle avait repris sa connaissance quelques heures avant sa mort, j'allai la
voir à la prière de madame d'Aubecourt; elle me
parla de vous, et me dit : J'espère que Dieu ne
me punira pas de n'avoir pas fait tout ce qu'il fallait pour la faire rentrer plus tôt chez ses parents; je l'aimais tant, que je n'avais pas le courage de m'en séparer. Je sais bien qu'une pauvre
femme comme moi n'a pas pu lui donner l'éducation. Elle m'a bien souvent chagrinée aussi,
parce qu'elle ne voulait pas aller à l'école, et que
je n'avais pas le cœur de la contrarier. M. le
curé, priez-la, pour l'amour de moi, de bien apprendre, d'être bien obéissante avec madame
d'Aubecourt, afin que je n'aie pas à répondre
devant Dieu de son ignorance et de ses défauts.

Marie pleurait toujours, mais moins amèrement. Elle s'était remise à genoux, les mains
jointes; il semblait qu'elle entendît sa nourrice
elle-même, et qu'elle la priât de lui pardonner
les chagrins qu'elle lui avait donnés. Après que
le curé l'eut exhortée encore quelque temps, elle
lui dit à voix basse :

— M. le curé, je vous en prie, demandez pardon pour moi à madame d'Aubecourt, demandez pardon à Alphonse et à Lucie, dites-leur que je ferai tout ce qu'ils me diront, j'apprendrai tout ce qu'ils voudront.

— Je ne sais, mon enfant, dit le curé, s'il vous sera dorénavant permis de les voir. M. d'Aubecourt est si indigné contre vous, que votre nom seul redouble son mal, et j'ai peur que vous ne puissiez pas rentrer au château.

Cette nouvelle frappa Marie comme un coup de toudre : elle venait de s'attacher à l'idée de faire tout ce qu'il lui serait possible pour plaire à ses parents, et ils l'abandonnaient, la rejetaient. Elle jeta presque des cris de désespoir. Le curé eut beaucoup de peine à la calmer, en l'assurant qu'il travaillerait à obtenir son pardon, et que, si elle voulait l'aider par sa bonne conduite, il espérait bien réussir. Elle se laissa emmener sans résistance ; il la conduisit chez lui, et la remit à sa sœur, personne de mérite, seulement un peu sévère, et dont la première intention avait été de réprimander Marie ; mais quand elle la vit si malheureuse et si soumise, elle ne put songer qu'à la consoler.

Le curé retourna au château dire à madame

d'Aubecourt ce qu'il avait fait; elle et Lucie furent touchées, comme il l'avait été, des sentiments de la pauvre Marie; et Alphonse, les yeux mouillés de larmes et brillants de joie, s'écria :

— Je l'avais bien dit! Il n'avait pourtant rien dit, mais il avait bien pensé que Marie ne pouvait pas être tout-à-fait coupable. Il fut convenu que, comme on ne pouvait pas songer pour le moment à faire rentrer Marie au château, elle resterait en pension chez le curé. Madame d'Aubecourt, en quittant Paris, avait vendu quelques bijoux qui lui restaient, et dont elle avait destiné le prix à servir à l'entretien de ses enfants et au sien. Ce fut sur cette petite somme qu'elle paya d'avance un quartier de la pension de Marie, car elle savait bien que ce n'était pas le moment de rien demander à M. d'Aubecourt.

Les enfants de madame d'Aubecourt se réjouirent de cet arrangement, qui n'éloignait pas Marie, et Alphonse se promettait bien d'aller lui continuer ses leçons de lecture; mais le lendemain, le curé vint leur annoncer que sa sœur avait reçu une lettre de sa supérieure, qui l'engageait à venir se réunir avec elle et quelques autres religieuses du même couvent qu'elle avait rassemblées. Il ajouta que sa sœur comptait partir sur-

le-champ, et que, si on y consentait, elle emmè-
nerait Marie, qui passerait ainsi avec elle quelque
temps. Alphonse fut prêt à se révolter contre
cette proposition ; mais sa mère lui fit sentir la
nécessité de l'accepter, et tous trois allèrent prendre congé de Marie, qui devait partir le lendemain. Elle avait été extrêmement affligée en
apprenant la manière dont on disposait d'elle.
Elle sentait bien mieux son attachement pour ses
parents depuis qu'elle était obligée de s'en séparer ; il lui semblait qu'elle ne devait plus les revoir, et elle disait en pleurant :

— On m'a fait quitter aussi ma nourrice, et
elle est morte. Mais elle était devenue docile ; et
d'ailleurs madame Sainte-Thérèse, c'était le nom
de la sœur du curé, avait quelque chose qui lui
imposait beaucoup Quand elle entendit arriver
madame d'Aubecourt et ses enfants, elle commença à trembler bien fort, et si elle eût été la
Marie d'autrefois, elle se serait enfuie ; mais un
regard de madame Sainte-Thérèse l'arrêta. Lucie,
en arrivant, alla se jeter à son cou. Marie fut si
touchée de cette marque d'affection, quand elle
attendait de la sévérité, qu'elle embrassa Lucie
de tout son cœur et se mit à pleurer. Alphonse
était tout triste, elle n'osait trop lui parler ni le
regarder ; il lui dit :

— Marie, nous sommes tous bien tristes de ce que vous nous quittez. Il n'en dit pas davantage, car il avait le cœur gros, et il savait qu'un homme ne doit pas se laisser trop aller à montrer sa tristesse; mais Marie vit bien qu'il n'était pas fâché contre elle. Madame d'Aubecourt lui dit :

— Mon enfant, vous nous avez causé à tous un grand chagrin, en nous forçant à nous séparer de vous; mais j'espère que tout se réparera, et que par votre bonne conduite vous nous donnerez les moyens de vous faire revenir.

Marie lui baisa tendrement les mains, et l'assura qu'elle se conduirait bien; elle lui dit qu'elle l'avait promis à Dieu et à sa pauvre nourrice.

On fut étonné du changement qu'avaient produit en elle deux jours de malheur et de réflexion. Elle répondait raisonnablement à ce qu'on lui disait, elle se tenait tranquille sur sa chaise, et déjà regardait de temps en temps madame Sainte-Thérèse, dans la crainte de faire ou de dire quelque chose qui lui déplût. L'air austère de celle-ci effrayait un peu Alphonse et Lucie pour leur cousine; mais ils savaient que c'était une personne très-vertueuse, et qu'on n'a point à craindre véritablement de la sévérité des personnes vertueuses, parce qu'elle n'est jamais injuste, et qu'en se conduisant bien on peut toujours l'éviter. Alphonse donna à Marie un livre où il la pria de lire tous les jours une page pour l'amour de lui, et Marie le lui promit ; il lui donna aussi une petite écritoire d'argent pour quand elle saurait écrire. Lucie lui donna son dé d'argent, ses ciseaux damasquinés, un étui d'ivoire rempli d'aiguilles, et une ménagère garnie de fil, parce que Marie promit d'apprendre à travailler. Madame d'Aubecourt lui donna une robe de toile qu'elle et Lucie avaient faite pour elle en deux jours. Marie fut consolée par tant de bontés. Ils se séparèrent tous fort tristes, mais s'aimant bien plus véritablement que pendant les deux mois qu'ils avaient passés ensemble, parce qu'ils étaient bien plus raisonnables.

Marie partit, M. d'Aubecourt se rétablit, et le calme rentra dans le château ; mais on fut très-étonné dans le village de ce qu'on avait renvoyé Marie. Comme mademoiselle Raymond avait laissé voir qu'elle ne l'aimait pas, on prétendit que c'était elle qui l'avait fait renvoyer. Mademoiselle Raymond elle-même n'était pas aimée, en sorte que cela intéressa davantage pour Marie. Philippe, le fils du jardinier, qui regrettait Marie parce qu'elle jouait avec lui, dit aux autres petits garçons du village que c'était Zizi qui était la cause de l'aversion de mademoiselle Raymond pour Marie ; et quand elle passait dans les rues avec Zizi, elle entendait dire :

— Voilà le chien qui a fait renvoyer mademoiselle Marie. Elle n'osait plus l'emmener que dans les champs, ce qui augmentait son humeur contre Marie.

Quant à M. d'Aubecourt, au contraire, comme il était bon, quoiqu'il eût des manies et de l'humeur, depuis que Marie n'y était plus il avait cessé d'en avoir contre elle ; il permettait que madame d'Aubecourt lui en parlât et lui lût les lettres où madame Sainte-Thérèse lui rendait compte de la bonne conduite de Marie ; enfin, comme madame d'Aubecourt était la personne du monde qui savait le mieux persuader les choses raisonnables, parce qu'on était gagné par sa douceur infinie, et que sa raison inspirait la confiance, elle le détermina à payer la petite pension de Marie, et même il lui envoya une robe. Ce fut Alphonse qui manda toutes ces bonnes nouvelles à Marie, en lui ajoutant que sa sœur et lui s'appliquaient à faire tout ce qui pouvait être agréable à leur grand-père, afin que, lorsqu'il serait bien content d'eux, il leur accordât la chose qui pouvait leur faire le plus de plaisir au monde, qui était de reprendre Marie. Il lui mandait qu'il avait entrepris, pour le jour de la fête de M. d'Aubecourt, qui était la Saint-Louis, un joli paysage, et que Lucie lui faisait un tabouret de tapisserie pour mettre son pied malade.

Marie fut enchantée en recevant cette lettre, qu'elle était déjà assez avancée pour lire elle-même. Le frère d'une des religieuses, qui avait un jardin dans les environs de l'endroit qu'elle habitait, et qui aimait beaucoup Marie, lui avait donné deux arbres rares : elle aurait eu bien envie de pouvoir les envoyer à M. d'Aubecourt pour sa fête, mais elle n'osait pas trop; et puis, comment les envoyer?

Madame Sainte-Thérèse l'encouragea, et il se trouva qu'un parent de la supérieure devait aller précisément dans ce temps-là du côté de Guicheville. Il eut la complaisance de prendre les arbres sur sa voiture, et les fit bien attacher et appuyer de tous côtés pour qu'ils ne fussent pas trop secoués dans la route. Les arbres arrivèrent en bon état, ils furent remis secrètement à madame d'Aubecourt; et le matin de la Saint-Louis, M. d'Aubecourt les trouva à la porte de son jardin, comme

s'ils n'osaient pas y entrer, avec cette inscription :
Marie repentante, à son bienfaiteur, écrite en
gros caractères, de la main de Marie, qui ne savait encore écrire qu'en gros. M. d'Aubecourt en
fut si touché, qu'il écrivit une lettre à Marie, où
il lui dit qu'il était bien content du compte qu'on
lui rendait de sa conduite, et que, si elle persé-
vérait, il serait fort aise de la ravoir au château.
Ce fut une bien grande joie pour madame d'Aubecourt et ses enfants, à qui M. d'Aubecourt lut
sa lettre. Ils écrivirent tous à Marie. Elle avait
fait dire à Alphonse, par le voyageur, que madame Sainte-Thérèse lui avait défendu de lire
dans le livre qu'il lui avait donné, parce que c'é-
taient des contes, que cela lui avait fait bien de
la peine, et qu'elle priait Alphonse, parmi les
livres que lui permettait madame Sainte-Thérèse, de lui en indiquer un où elle pût lire tous
les jours plus d'une page pour l'amour de lui.
Elle demandait à Lucie de lui envoyer une bande
de mousseline qu'elle voulait lui festonner, parce
qu'elle commençait à bien travailler, et elle faisait dire à madame d'Aubecourt qu'elle gardait
pour les dimanches la robe qu'elle lui avait donnée le jour de son départ. Ces commissions furent
faites fidèlement. Alphonse, par le conseil de sa

mère, lui indiqua l'*Histoire sainte;* Lucie lui envoya, par une occasion, deux garnitures de fichus à festonner, l'une pour Marie, l'autre pour elle, et madame d'Aubecourt y joignit une ceinture anglaise pour mettre tous les dimanches avec sa robe.

De ce moment, les enfants redoublèrent de soins et d'attentions pour leur grand-père. Lucie écrivait ses lettres sous sa dictée; Alphonse, qui avait trouvé moyen de se constituer le gouverneur des arbres de Marie, parce qu'il avait reçu les instructions de celui qui les avait apportés, entrait tous les jours dans le jardin pour les soigner, et par occasion arrosait les fleurs de M. d'Aubecourt, qui bientôt s'en rapporta tellement à lui pour le soin de son jardin, que souvent il le consultait sur ce qu'il y avait à y faire : Lucie était aussi appelée au conseil, madame d'Aubecourt donnait son avis dans l'occasion. Le jardin était devenu l'occupation de toute la famille, et M. d'Aubecourt en était bien plus heureux que lorsqu'il s'en occupait tout seul.

Un jour qu'ils étaient tous, l'un à arroser, l'autre à ôter les mauvaises herbes, un autre à écheniller :

— Je suis sûr, dit Alphonse, répondant à sa

pensée, que Marie les soignerait à présent avec
autant de plaisir et d'attention que nous.

Lucie rougit et regarda son frère, n'osant regarder M. d'Aubecourt.

— Pauvre Marie! dit tendrement madame
d'Aubecourt. Son ton n'était pas triste, car elle
commençait à être bien sûre que Marie reviendrait.

— Nous la reverrons, nous la reverrons, dit
M. d'Aubecourt. On ne poursuivit pas la conversation pour le moment; mais deux jours après,
comme ils étaient tous dans le salon, madame
d'Aubecourt reçut une lettre de madame Sainte-
Thérèse, qui lui mandait que vers le printemps
de l'année suivante elle comptait aller passer
trois ou quatre mois avec son frère avant de s'é-
tablir définitivement dans l'endroit où elle était,
et que, comme elle désirait que Marie édifiât le
village de Guicheville, où elle avait donné mauvais exemple, elle l'y mènerait faire sa première
communion. Lucie poussa un cri de joie.

— Oh! maman, dit-elle, nous la ferons ensemble.

C'était aussi l'année d'après qu'elle devait faire
sa première communion. Alphonse, tout ému,
regardait son grand-père.

— Oui, mais, dit-il après un instant de silence, ensuite Marie s'en ira.

— Après sa première communion, dit M. d'Aubecourt, on pourra voir.

Lucie, assise auprès de son grand-père, se laissa glisser à genoux sur le tabouret qu'il avait à ses pieds, et baissant doucement sa tête sur les mains de M. d'Aubecourt, comme elle les baisait, il y sentit couler deux larmes de joie. Alphonse tremblant ne disait rien, mais ses mains étaient fortement serrées l'une contre l'autre, et l'expression du bonheur était sur sa physionomie.

— Si c'est une aussi bonne enfant que vous deux, dit M. d'Aubecourt attendri, je serai enchanté qu'elle revienne avec nous.

— Oh ! elle le sera, elle le sera, dirent les deux enfants de madame d'Aubecourt, le cœur gros de satisfaction. Ils n'en dirent pas davantage, dans la crainte d'importuner M. d'Aubecourt, qui aimait la tranquillité, et les avait accoutumés à contenir leurs mouvements ; mais ils étaient bien heureux.

La satisfaction fut grande dans tout le château; on avait oublié les défauts de Marie, et on avait plaint sa disgrâce. Mademoiselle Raymond seule eut un peu d'humeur : ce n'était pas qu'elle fût méchante; mais quand elle avait une fois des préventions, elle n'en revenait guère. D'ailleurs, à force de lui reprocher son éloignement pour Marie, on l'avait augmenté ; et comme les autres domestiques se firent un petit triomphe de son retour, il lui déplut encore davantage. Mais insensiblement mademoiselle Raymond avait perdu beaucoup de son empire sur l'esprit de M. d'Aubecourt, qui avait moins besoin d'elle depuis qu'il était environné d'une société plus aimable, et qui craignait moins son humeur, parce que madame d'Aubecourt lui épargnait la peine de donner lui-même des ordres, et le délivrait de mille petits soins qui lui déplaisaient. Elle ne témoigna donc rien de son déplaisir à ses maîtres, et l'on attendit avec une grande impatience la fin de février, où devait arriver Marie.

Elle arriva dans les premiers jours de mars. Depuis plus d'une semaine, Alphonse et Lucie allaient tous les jours attendre la diligence qui passait devant le château. Enfin elle arrêta, et ils en virent descendre Marie, qu'ils pensèrent d'abord ne pas reconnaître, tant elle était grandie, tant elle était bien tenue, tant elle avait pris l'air modeste et sage. Elle se jeta dans les bras de Lucie : elle embrassa aussi Alphonse. Madame d'Aubecourt, qui l'avait vue de sa fenêtre, accourut; tous les domestiques accoururent, Zizi accourut aussi, aboyant, parce que tout ce mouvement lui déplaisait, et que d'ailleurs il se ressouvenait de son ancienne aversion pour Marie. Philippe lui donna un coup de houssine qui lui fit faire des cris affreux. Mademoiselle Raymond, qui arrivait lentement, se précipita vers lui, le prit dans ses bras, et l'emporta en s'écriant :

— Pauvre bête! tu peux compter à présent que tu n'as pas longtemps à vivre.

Les domestiques l'entendirent, et regardèrent de travers mademoiselle Raymond et Zizi.

On conduisit Marie au château, où madame Sainte-Thérèse, qui s'était rendue chez son frère, avait dit qu'elle la viendrait reprendre. M. d'Aubecourt avait permis qu'on la lui amenât. Il était dans son jardin; elle s'arrêta à la porte avec timidité et embarras.

— Entrez, entrez, Marie, lui dit Alphonse, nous y entrons tous à présent; vous y entrerez et vous le soignerez comme nous.

Marie entra, marchant avec une grande précaution, de peur de gâter quelque chose en passant. M. d'Aubecourt parut bien aise de la voir : elle lui baisa la main, il l'embrassa; ils se trouvaient auprès des petits arbres qu'elle avait donnés à M. d'Aubecourt. Alphonse lui montra comme ils avaient prospéré par ses soins; il lui montra aussi les arbres du jardin qui bourgeonnaient, les premières fleurs qui commençaient à paraître. Marie regardait tout cela avec un bien grand intérêt, trouvait tout bien joli

— Oui, mais gare la Fête-Dieu, dit en riant M. d'Aubecourt.

Marie rougit, mais l'air de son oncle prouvait qu'il n'était plus fâché; elle lui baisa encore la main avec une vivacité charmante, car on voyait bien que Marie était toujours vive, mais qu'elle se contenait par raison. Elle parlait peu, elle n'avait jamais été bavarde, mais elle répondait à merveille, et seulement toujours en rougissant. Elle était timide comme une personne qui a connu les inconvéniens d'une trop grande vivacité. Madame Sainte-Thérèse revint; Marie paraissait éprouver près d'elle la crainte qu'inspire le respect; cependant elle l'aimait et avait confiance en elle. Madame Sainte-Thérèse dit qu'elle venait chercher Marie. Cela affligea beaucoup les enfants de madame d'Aubecourt; ils avaient espéré que Marie resterait au château toute la journée, et que même, peut-être à la fin de cette journée, ils obtiendraient davantage ; mais madame Sainte-Thérèse déclara que Marie ayant commencé les exercices de sa première communion, il fallait qu'elle demeurât dans la retraite jusqu'au moment où elle l'aurait faite ; qu'elle ne sortirait point, excepté pour s'aller promener, et même que son cousin et sa cousine ne la pourraient venir voir qu'une fois par semaine. Il fallut bien se soumettre à cet arrangement. Quoique madame d'Aubecourt n'approuvât pas cette excessive austérité, qui tenait aux habitudes du couvent où madame Sainte-Thérèse avait passé la plus grande partie de sa vie, c'était une personne si vertueuse, et on lui avait tant d'obligations pour les soins et les services qu'elle avait rendus à Marie, qu'on ne crut pas devoir la contrarier. Lorsque Marie fut partie, Alphonse et Lucie se récrièrent sur son maintien, sur la grâce de ses manières ; leur mère se joignit à eux, M. d'Aubecourt les approuva, et consentit positivement à ce qu'aussitôt après sa première communion Marie revînt habiter le château.

Il fut décidé que les premières communions du village se feraient à la Fête-Dieu, et que jusque-là madame d'Aubecourt et ses enfants iraient tous les jeudis passer l'après-midi chez le curé, où Marie les attendait avec bien de la joie. Elle les voyait aussi tous les dimanches à l'église, où, comme de raison, elle ne leur parlait pas; mais elle leur disait quelques mots en sortant de l'église, et quelquefois aussi, quoique rarement, on se rencontrait à la promenade. Ainsi on ne se perdait point de vue, on se parlait mutuellement de ses occupations. Marie avait lu toute son *Histoire sainte*, Alphonse lui indiqua d'autres livres d'histoire, et elle lui rendait compte de ses lectures. Lucie n'apprenait pas un point nouveau, ne s'occupait pas d'un ouvrage particulier sans dire :

— Je le montrerai à Marie.

Tout le monde était heureux à Guicheville, et on espérait de l'être bientôt davantage.

La Fête-Dieu approchait ; les deux jeunes personnes, également pleines de piété et de ferveur, la voyaient arriver avec une joie mêlée de crainte. Alphonse songeait au beau jour qui devait ramener Marie, qui devait la donner, ainsi que sa sœur, pour exemple aux jeunes filles du village. Il aurait voulu le signaler par quelque fête ; mais le sérieux et la sainteté d'un semblable jour ne souffraient aucun divertissement, ni même aucune distraction. Il voulut du moins contribuer, autant qu'il lui était possible, aux soins qui lui étaient permis. Madame d'Aubecourt avait fait faire à Lucie et à Marie deux robes blanches pareilles ; Alphonse voulut qu'elles eussent aussi les voiles et les ceintures semblables. Sur l'argent que lui avait donné son grand-père pour ses étrennes, et qu'il avait gardé avec soin pour cette occasion, il les envoya acheter à la ville voisine, sans en parler à Lucie, qui ne croyait pas devoir s'occuper de ces soins, et laissait tout faire à sa mère. Il ne mit dans son secret que madame d'Aubecourt, et avec sa permission, l'avant-veille de la Fête-Dieu, il envoya à Marie, par Philippe, le voile et la ceinture, en la priant par un petit billet, de les mettre le jour de sa première communion.

Philippe était fort attaché à Alphonse et à Marie, c'était presque son seul mérite ; du reste, brutal, querelleur, insolent, il avait pris surtout en aversion mademoiselle Raymond ; et comme il était, avec son père, le seul des gens de la maison qui ne dépendît que très-peu d'elle, il se divertissait à la contrarier tant qu'il en trouvait l'occasion. Il ne la rencontrait pas avec Zizi, qu'il ne s'adressât à celui-ci pour lui dire quelque chose de désobligeant, à quoi il ajoutait toujours :

— C'est bien dommage qu'on ne vous laisse pas manger mademoiselle Marie, et il le menaçait de la main. Mademoiselle Raymond se fâchait, et Philippe s'en allait en riant. S'il le rencontrait dans un coin, ce qui n'arrivait guère, parce que mademoiselle Raymond n'osait plus le laisser aller tout seul, il lui attachait des branches d'épines à la queue, un bâton dans les jambes, ou une papillote au museau ; enfin il imaginait tout ce qui pouvait déplaire à mademoiselle Raymond, qui vivait dans des transes perpétuelles.

Comme Alphonse tenait beaucoup à ce que Lucie eût tout la surprise de voir Marie mise absolument comme elle, il avait recommandé à Philippe d'entrer sans qu'on le vît au presbytère; et Philippe, qui aimait beaucoup à faire ce qu'il ne fallait pas faire, avait imaginé d'arriver par dessus le mur du jardin, qui était assez bas. Lorsqu'il y fut grimpé, il aperçut Marie qui lisait sur une petite éminence qu'on avait faite fort près du mur, pour jouir de la vue, qui était très-belle. Il l'appela à voix basse, lui jeta le paquet d'Alphonse, et se préparait à descendre, lorsqu'il vit mademoiselle Raymond qui arrivait le long du mur avec Zizi, qui piaffait devant elle. Comme

elle approchait, Philippe trouve sous sa main un
des gravois du mur, le jette à Zizi, et se cache
dans les arbres qui garnissaient le mur à cet endroit. La pierre arrive : mademoiselle Raymond,
qui se baissait en ce moment pour ôter à Zizi
quelque chose qu'il avait dans la gueule, la reçoit au front, où elle lui fait une assez large blessure. Elle jette un cri et lève la tête. Voyant Marie sur l'éminence, qui s'étant levée, la regardait
parce qu'elle avait entendu son cri, elle ne doute
pas que la pierre ne vienne d'elle ; et hâtant le
pas, elle accourt se plaindre au presbytère, sans
voir Philippe, qui n'était pas bien caché, mais
qu'elle ne supposait pas devoir être là. Pour lui,
sitôt qu'elle est passée, il saute à bas du mur et
s'enfuit à toutes jambes. Mademoiselle Raymond
ne trouve que madame Sainte-Thérèse ; le curé
était pour affaire à la ville voisine, et ne devait
revenir que le lendemain au soir. Elle raconte ce
qui lui est arrivé, lui montre son front sanglant,
quoique la blessure ne fût pas profonde ; elle montre aussi la pierre qu'elle avait ramassée, et qui
aurait pu la tuer ; elle dit que c'est Marie qui l'a
jetée, et madame Sainte-Thérèse ne peut le
croire ; elle va cependant avec mademoiselle
Raymond trouver Marie dans le jardin.

Marie, en les voyant arriver, cache son paquet sous une touffe de rosiers, car sans savoir encore ce qui était arrivé, elle se doutait bien que Philippe avait fait quelque chose de mal; et pour ne pas être obligée de dire qu'il était venu, elle ne voulait pas montrer ce qu'il avait apporté. Cependant elle rougissait, pâlissait, car elle craignait qu'on ne lui fît des questions, et elle ne voulait pas mentir. Madame Sainte-Thérèse, en arrivant, est frappée de son air embarrassé, et mademoiselle Raymond lui dit :

— Voilà donc, mademoiselle Marie, comme vous employez l'avant-veille de votre première communion ! On dira après cela, dans le village, que vous êtes une sainte ; je n'aurai qu'à montrer mon front. En disant cela elle le montrait, et Marie rougissait encore plus de l'idée que Philippe avait fait une si mauvaise action.

— Est-il possible, Marie, lui dit madame Sainte-Thérèse, que ce soit vous qui ayez jeté une pierre à mademoiselle Raymond ? Et comme Marie hésitait en cherchant sa réponse, elle ajouta :

— Vous l'avez sûrement attrapée sans le vouloir ; mais ce serait encore un divertissement bien indigne de votre âge et de l'action à laquelle vous vous préparez.

4

— Madame, dit Marie, je puis vous assurer que je n'ai pas jeté de pierre.

— Elle est apparemment venue toute seule, dit mademoiselle Raymond avec aigreur; et montrant l'endroit où elle était lorsqu'elle a reçu la pierre, elle prouve clairement qu'elle n'a pu lui venir que du jardin et d'un endroit élevé. Madame Sainte-Thérèse interroge Marie avec plus de sévérité, et Marie tremblante ne sait répondre autre chose, sinon :

—Je vous assure, Madame, que je n'ai pas jeté de pierre.

— Tout ce que je vois à cela, dit mademoiselle Raymond, c'est qu'il y a à parier que mademoiselle Marie ne fera pas sa première communion après-demain.

— Je crains beaucoup qu'elle ne s'en soit rendue indigne, répondit madame Sainte-Thérèse. Marie se met à pleurer, et mademoiselle Raymond s'en va raconter au château son aventure et dire que probablement Marie ne fera pas sa première communion. Elle rappelle le talent qu'avait Marie pour attraper à coups de pierre les chats qui passaient sous les gouttières, et elle ajoute :

— Elle en fait un bel usage!

Lucie est consternée; Alphonse, tout éperdu, court interroger Philippe, pour savoir si, quand il a fait sa commission, il s'est aperçu de quelque chose dans la maison du curé, si Marie avait l'air triste. Philippe l'assure que non, se garde bien de lui dire comment il lui a fait passer le paquet, et arrange les choses de manière à ce qu'Alphonse ne se doute de rien. Madame d'Aubecourt, inquiète, écrit à madame Sainte-Thérèse, qui lui répond qu'elle ne conçoit rien à ce qui est arrivé, mais qu'il lui paraît impossible que Marie ne soit pas bien coupable; et dans la journée du lendemain, on apprend par Gothon, qui l'a su de la servante du curé, que Marie a pleuré presque tout le jour, que madame Sainte-Thérèse la traite très-sévèrement, et la fait même jeûner le matin au pain et à l'eau. Le soir, Lucie va à confesse au curé, qui était revenu; elle voit Marie sortir du confessionnal en pleurant avec des sanglots. Madame d'Aubecourt s'approche de madame Sainte-Thérèse en lui demandant si Marie ne fera pas sa première communion le lendemain. Madame Sainte-Thérèse, d'un ton assez triste et assez sévère, lui répond :

—Je l'ignore.

Comme elles étaient dans l'église, elles ne se

disent rien de plus. Marie, en passant, jette sur
sa cousine un regard qui, malgré ses larmes,
exprimait cependant un sentiment doux. Elle dit
tout bas un mot à madame Sainte-Thérèse, qui
l'emmène, et Lucie entre dans le confessionnal.
Après avoir fini sa confession, elle se préparait à
demander timidement au curé ce qu'elle désirait
tant de savoir; mais avant qu'elle ait osé commencer sa phrase, on vint chercher le curé pour
un malade, et il s'en va précipitamment sans
qu'elle ait pu lui parler.

Elle passa toute la soirée et la nuit dans une
anxiété inexprimable, d'autant qu'elle se reprochait toutes les pensées qu'elle dérobait à la
sainte action du lendemain. Alors elle priait Dieu
pour sa cousine, unissant ainsi sa dévotion à ses
désirs, et l'idée du bonheur qui se préparait pour
elle, aux vœux qu'elle formait pour sa chère Marie. Le matin arrivé, elle s'habilla sans parler,
recueillant toutes ses pensées pour n'en pas laisser échapper une seule qui pût l'inquiéter; elle
embrassa son frère, demanda à M. d'Aubecourt
et à sa mère leur bénédiction, qu'ils lui donnèrent avec bien de la joie. M. d'Aubecourt dit
qu'il la lui donnait pour lui et pour son fils. Tous
soupirèrent de ce qu'il n'était pas présent à

cette cérémonie ; et après un moment de silence
ils se rendirent à l'église.

Les jeunes filles qui devaient faire leur première communion y étaient déjà rassemblées.
Lucie, malgré son recueillement, les parcourut
des yeux en un instant : Marie n'y était pas.
Lucie pâlit, s'appuie sur le bras de sa mère, qui
la soutient, l'encourage, lui dit d'offrir ses peines
à Dieu, la conduit dans le rang des jeunes filles,
et passe avec M. d'Aubecourt dans la chapelle
à côté. Derrière les jeunes filles étaient mademoiselle Raymond, Gothon et les premières du
village.

— Je savais bien qu'elle n'y serait pas, disait
mademoiselle Raymond. On ne lui répondait pas,
car on s'intéressait à Marie, qu'on avait vue plusieurs fois, depuis quelques mois, dans le cimetière, prier avec ferveur au pied de la croix qu'elle
avait demandé qu'on mît sur la fosse de sa pauvre nourrice. Lucie entendit mademoiselle Raymond, et, violemment émue, elle priait Dieu de
toutes ses forces, lui demandant de la préserver
de tout sentiment coupable ; mais l'agitation, la
contrainte qu'elle imposait à ses pensées, la met-
taient dans un état qu'elle ne pouvait presque
plus supporter. Enfin on ouvre la porte de la

sacristie. Marie paraît, conduite par le curé et madame Sainte-Thérèse, le voile blanc sur la tête, belle comme les anges, et pure comme eux. Un murmure de satisfaction s'élève dans l'église. Marie traverse le chœur en s'inclinant devant l'autel, et va se mettre à genoux devant monsieur et madame d'Aubecourt, pour leur demander leur bénédiction.

— Ma fille, lui dit le curé assez haut pour être entendu, soyez toujours aussi vertueuse, et Dieu aussi vous bénira.

Oh ! quelle joie sentit Lucie ! elle leva les yeux au ciel, des yeux mouillés de larmes, et crut recevoir, dans le bonheur qu'elle éprouvait, le gage de la protection céleste sur toutes les actions de sa vie. Monsieur et madame d'Aubecourt, attendris, bénirent Marie, à genoux devant eux, tandis qu'Alphonse, placé derrière eux, le visage rayonnant de triomphe et de joie, regardait Marie avec autant de respect que d'affection. Madame d'Aubecourt conduisit elle-même Marie auprès de Lucie. Les deux cousines ne se dirent pas un mot, ne se jetèrent qu'un regard ; mais ce regard, reporté, avant de se baisser, sur madame d'Aubecourt, exprimait un bonheur que les paroles n'auraient pu faire comprendre, et les yeux de

madame d'Aubecourt répondirent à ceux de ses
filles. Le moment tant souhaité arriva enfin ; les
deux cousines s'approchèrent ensemble de l'autel. Lucie, plus faible, agitée de tant d'émotions
qu'il avait fallu contraindre, était près de se trouver mal ; Marie la soutint : ses regards brillaient
d'une joie angélique.

La communion reçue, les deux cousines re-
tournèrent à leurs places, prièrent ensemble, et
après avoir passé une partie de la matinée dans
l'église, allèrent dîner au château, où l'on avait
invité le curé et madame Sainte-Thérèse. Marie
et Lucie parlèrent peu, mais on voyait qu'elles
étaient bien heureuses. Alphonse, ses parents,
les domestiques, paraissaient heureux ; mais
cette joie était silencieuse, il semblait qu'on crai-
gnît de troubler le calme parfait dont devaient
jouir ces jeunes âmes pures et sanctifiées. Tous
les égards s'adressaient, sans qu'on le voulût,
aux deux jeunes cousines. On les servait avec une
sorte de respect dont elles ne pouvaient concevoir
aucun orgueil.

Après être retournée dans l'après-midi à l'église
avec Lucie, Marie revint avec elle s'établir au
château. La soirée fut bien douce et même un peu
gaie. Alphonse commençait à oser rire, et les

deux cousines à sourire. Marie trouva dans la chambre où elles couchaient, auprès de celle de madame d'Aubecourt, un lit pareil à celui de Lucie ; tous ses meubles étaient semblables, c'étaient désormais deux sœurs. Marie, dès le lendemain, partagea les occupations de Lucie et surtout ses soins pour M. d'Aubecourt, qui l'aima bientôt autant que ses petits-enfants. Mademoiselle Raymond étant tombée malade quelque temps après, Marie, qui était forte, active, et qui avait eu l'habitude de soigner sa pauvre nourrice, lui rendit tant de services, alla si souvent dans sa chambre lui donner de la tisane, eut tant de soin chaque fois de caresser Zizi, et même quelquefois de lui porter du sucre pour l'adoucir, que tous les deux changèrent de sentiment à son égard ; et si Zizi, qui était le plus rancunier, la grognait encore quelquefois, alors mademoiselle Raymond le grondait et demandait pardon pour lui à Marie.

Elle avait conté, mais sous le plus grand secret, à Alphonse et à Lucie, ce qui s'était passé ; elle leur avait dit que madame Sainte-Thérèse l'ayant interrogée inutilement, l'avait traitée avec beaucoup de sévérité ; qu'elle n'avait rien dit, de peur que, si on savait la vérité, cela ne fît chasser Philippe de la maison, mais qu'elle avait été bien malheureuse pendant ces deux jours; qu'enfin M. le curé étant revenu, elle avait pris le parti de le consulter en confession, bien sûre alors qu'il n'en dirait rien; qu'il lui avait conseillé de se confier à madame Sainte-Thérèse, ce qu'elle avait fait, en sorte qu'elles étaient réconciliées. Elle dit, de plus, à Lucie que ce qui l'avait fait pleurer si fort en sortant du confessionnal, c'est que le curé l'avait exhortée très-pathétiquement, en lui rappelant sa pauvre nourrice, portée en terre précisément le même jour et au même moment l'année précédente. Alphonse gronda très-fort Philippe et lui défendit de faire jamais aucun mal à Zizi ni rien qui pût déplaire à mademoiselle Raymond : celle-ci, devenue tranquille de ce côté, se console de n'être plus si maîtresse au château, parce que madame d'Aubecourt et ses enfants, en la débarrassant de beaucoup de soins, lui laissent plus de liberté, et que d'ailleurs les égards qu'ils ont pour elle comme une personne fidèle et attachée flattent son amour-propre; en sorte que son humeur s'adoucit sensiblement, et qu'on entend chanter et rire à Guicheville autant qu'on y avait entendu gronder pendant quelques années.

M. d'Aubecourt est rentré en France, il n'y a retrouvé que peu de chose de ses biens, mais cependant assez pour faire vivre sa femme et ses enfants. Marie, au contraire, s'est retrouvée riche, parce qu'on a reconnu ses droits à la fortune de sa mère, et même à celle de son père, qui était mort avant les lois contre les émigrés. M. d'Aubecourt le père est son tuteur; et comme elle jouit, quoique mineure, d'un revenu considérable, elle trouve mille moyens d'en faire partager les jouissances à cette famille qui lui est si chère; enfin, pour s'y unir tout-à-fait, elle va épouser Alphonse, qui l'aime tous les jours avec plus d'affection, parce qu'elle est tous les jours plus aimable. Lucie est transportée de joie de devenir réellement la sœur de Marie. Madame d'Aubecourt est bien heureuse; et Marie trouve qu'il ne manque rien à son bonheur que d'en pouvoir faire jouir sa pauvre nourrice; elle fait célébrer tous les ans un service à Guicheville, et toute la famille regarde comme un devoir d'y venir assister, pour honorer la personne qui a si généreusement pris soin de l'enfance de Marie.

LA VIEILLE GENEVIÈVE

— Vous ne savez faire que des bêtises! Comme vous attachez ridiculement cette épingle! Vous me serrez tout de travers : je serai horriblement habillée; cela est insupportable; je n'ai jamais rien vu de si maladroit.

C'était à peu près de cette manière qu'Emmeline parlait à la vieille Geneviève, qui, depuis qu'elle avait perdu sa bonne, était chargée de la servir, et qui, après avoir vu Emmeline toute enfant, ne s'attendait guère à en être un jour traitée de cette manière; mais on remarquait que depuis quelque temps Emmeline, naturellement douce et bonne, et même assez timide, prenait avec les domestiques des airs de hauteur auxquels on ne l'avait point accoutumée; elle ne les remerciait plus lorsqu'à table ils lui donnaient une assiette; elle se faisait servir sans leur dire jamais *je vous prie*. Jusqu'à ce moment Emmeline, lorsqu'elle traversait, à la suite de sa mère, une antichambre où tous les domestiques se

levaient sur leur passage, n'avait jamais pu
s'empêcher de répondre par un léger signe de
tête à cette marque de leur déférence ; mais alors
elle semblait croire qu'il était de sa dignité de
passer au milieu d'eux la tête plus haute qu'à
l'ordinaire : on aurait pu remarquer cependant
qu'elle rougissait un peu, et qu'il lui fallait un
effort pour prendre ces manières qui ne lui étaient
pas naturelles. Sa mère, madame d'Altier, qui
commençait à s'en apercevoir, l'en avait plus
d'une fois reprise; aussi Emmeline n'osait-elle
pas trop s'y livrer en sa présence. Elle les affectait
surtout lorsqu'elle était avec sa cousine, madame
de Serres, jeune femme de dix-sept ans, mariée
depuis dix-huit mois, très-gâtée durant toute son
enfance, parce qu'elle était fort riche et n'avait
point de parents; gâtée actuellement par sa
belle-mère, qui avait fort désiré qu'elle épousât
son fils, et gâtée aussi par son mari, qui, presque
aussi jeune qu'elle, lui laissait faire tout ce qu'elle
voulait. Accoutumée à ne se gêner pour personne,
elle se gênait encore bien moins pour ses domestiques que pour les autres; aussi disait-elle sans
cesse qu'il n'y avait rien de si insolent, parce que
les tons durs et impérieux qu'elle prenait avec
eux les entraînaient quelquefois à lui manquer

de respect, et que la bizarrerie de ses caprices leur faisait perdre patience.

Emmeline, qui avait alors quatorze ans et voulait faire la grande personne, s'imaginait qu'il n'y avait rien de mieux que d'imiter les manières de sa cousine, qu'elle voyait presque tous les jours, parce qu'à Paris madame de Serres logeait dans la même rue que madame d'Altier, et qu'elle habitait à la campagne un château voisin. Elle n'avait pourtant pas osé déployer toute son impertinence avec les gens de sa mère, tous vieux domestiques accoutumés à être bien traités, et qui, la première fois qu'Emmeline aurait voulu prendre avec eux ses airs impertinents ou arrogants, auraient bien pu se mettre à rire sans en faire ni plus ni moins. Elle se contentait de n'être avec eux ni bonne ni polie; ils ne l'en servaient pas moins, parce qu'ils savaient que c'était leur devoir; mais en la comparant avec sa mère, qui était si peu empressée d'user du droit qu'elle avait de commander, ils la trouvaient bien ridicule.

Emmeline s'en apercevait bien quelquefois, et s'impatientait en elle-même de n'oser les soumettre à sa domination; mais elle s'en dédommageait sur Geneviève, qui, née dans la terre de

M. d'Altier, était accoutumée à regarder avec un grand respect jusqu'aux petits enfants de la famille de ses seigneurs; elle n'avait d'ailleurs jamais eu jusque-là l'honneur d'être entièrement attachée au château, où seulement on était depuis vingt ans dans l'habitude de l'employer journellement à quelques offices subalternes; en sorte que lorsqu'en arrivant cette année à la campagne, madame d'Altier, qui connaissait son honnêteté, l'avait prise chez elle pour aider Emmeline à s'habiller et faire le service de sa chambre, elle s'était crue montée en grade, mais sans en être plus fière, et elle avait regardé mademoiselle Emmeline, qu'elle n'avait pas vue depuis deux ans, tout-à-fait comme une personne à qui elle devait porter respect, et de qui elle devait tout souffrir. Aussi, quand Emmeline se plaisait à exercer son empire sur elle, en lui disant toutes les duretés qu'elle pouvait imaginer (et elle lui en aurait dit davantage si elle n'avait pas été trop bien élevée pour les savoir), Geneviève ne répondait rien, seulement elle se dépêchait le plus qu'elle pouvait, ou pour se débarrasser d'Emmeline, ou pour ne pas l'impatienter, et elle n'en était que plus maladroite et plus maltraitée.

Un jour que, pendant qu'elle rangeait la chambre d'Emmeline, celle-ci voulut l'envoyer faire une commission dans le village, comme Geneviève continuait ce qu'elle avait commencé, Emmeline se fâcha, trouvant très-étrange qu'on ne fît pas tout de suite ce qu'elle disait. Geneviève lui représenta que si, lorsqu'elle reviendrait après son déjeuner pour dessiner, elle ne trouvait pas sa chambre en ordre, elle la gronderait, et qu'il fallait cependant du temps pour tout. Comme elle avait raison, Emmeline lui dit de se taire et qu'elle l'ennuyait. Madame d'Altier, qui de la pièce voisine avait tout entendu, appela sa fille et lui dit :

— Êtes-vous bien sûre, Emmeline, d'avoir eu raison dans votre discussion avec Geneviève ? C'est que lorsqu'on a pris ce ton-là avec un domestique, ce serait une chose terriblement fâcheuse qu'il se trouvât ensuite que l'on eût tort.

— Mais, maman, répondit Emmeline un peu honteuse, quand, au lieu de faire ce que je lui dis, Geneviève s'amuse à me répondre, il faut bien la faire finir.

— Vous êtes donc certaine, même avant d'avoir entendu ses raisons ou de les avoir examinées, qu'elles ne peuvent pas être bonnes ?

— Il me semble, maman, qu'un domestique a toujours tort de raisonner au lieu de faire ce qu'on lui dit.

— C'est-à-dire qu'il a tort même quand il a raison et qu'on lui commande une chose impossible.

— Oh! maman, ces gens-là trouvent toujours les choses impossibles, parce qu'il ne veulent pas les faire.

— Je reconnais les propos de votre cousine : je voudrais bien, Emmeline, que vous eussiez assez d'esprit pour garder vos ridicules à vous et ne pas prendre ceux des autres.

— Je n'ai pas besoin de ma cousine, reprit Emmeline piquée, pour savoir que Geneviève ne fait jamais la moitié de ce qu'on lui dit.

— Si vous n'avez d'autres moyens pour vous en faire servir que ceux que vous avez employés tout-à-l'heure, j'en suis fâchée, il faudra que je vous l'ôte, car je la paye pour vous servir, et non pas pour être maltraitée ; je n'ai jamais payé personne pour cela.

Madame d'Altier dit ces mots d'un ton si ferme que sa fille n'osa répliquer Elle s'en consola avec sa cousine, qui vint la voir une heure, et toutes deux convinrent que madame d'Altier ne savait pas se faire servir. Emmeline était en malheur ce jour-là; c'était dans une allée du jardin qu'elle avait cette conversation avec sa cousine; en la finissant elle vit sortir sa mère d'une allée voisine. Madame d'Altier se mit à rire du babil de ces deux petites personnes, qui prétendaient juger sa conduite. Elle haussa un peu les épaules en regardant sa fille, qui rougit prodigieusement, et voyant passer Geneviève, elle l'appela pour ranger quelques branches qui gênaient le passage. Geneviève répondit qu'elle viendrait aussitôt qu'elle aurait porté la pâtée aux dindons, qui criaient parce qu'ils avaient faim.

— En effet, dit madame d'Altier, il est clair, comme vous le disiez fort bien, que je ne sais pas me faire servir avant mes dindons; il faut apparemment qu'on me croie plus raisonnable et moins pressée qu'eux. Mais dans ce moment elles virent Geneviève qui, posant à terre, jetant presque ce qu'elle tenait dans ses mains, se mit à courir tant qu'elle put du côté de la maison.

— Ah! bon Dieu, disait-elle en courant, j'ai oublié de fermer la fenêtre de la chambre de mademoiselle Emmeline, comme elle me l'avait ordonné. Ah! bon Dieu, que je me dépêche! répétait-elle tout essoufflée.

— Je vous félicite, ma fille, dit madame d'Altier; je vois que vous avez, pour vous faire servir, encore plus de talent que mes dindons.

Emmeline ne dit rien, mais elle regarda sa cousine en dessous, comme c'était sa coutume lorsqu'on lui disait une chose qui lui déplaisait. Madame de Serres, qui se croyait interrompue dans ses importantes conférences avec Emmeline, et qui n'osait trop déployer toutes ses belles idées devant sa tante, dont elle craignait la raison et les plaisanteries, remonta en voiture pour aller dans le voisinage faire une visite, accompagnée de sa femme de chambre, qui la suivait dans ses courses, parce qu'elle était encore trop jeune pour aller seule. Elle promit de revenir pour dîner, et Emmeline alla soigner ses fleurs.

— Ah ciel! s'écria-t-elle en arrivant près de la terrasse où étaient rangés les vases qui servaient à parer sa chambre, la pluie de cette nuit a effeuillé toutes mes roses, il n'y a plus une fleur sur mon jasmin; Geneviève aurait bien pu les rentrer hier au soir, mais elle ne sait rien faire, elle ne pense à rien.

— Dam! Mademoiselle, dit la vieille Geneviève, qui se trouvait près de là, je n'ose pas toucher à vos pots, de peur de les casser.

— Vous aviez rentré les miens, Geneviève? dit madame d'Altier.

— Oh! oui, Madame.

— Je suis bien aise, dit madame d'Altier en regardant sa fille, de voir que je puis être servie sans me *faire servir*.

— Mais, maman, reprit Emmeline, je ne lui avais pas dit de ne pas toucher à mes vases.

— Non; mais probablement, à la moindre chose qu'elle vous casse, vous la grondez tellement qu'elle n'ose plus s'y exposer.

— Il le faut bien, maman, dit Emmeline en montant l'escalier *pour* rentrer ses fleurs, Geneviève est si maladroite, si peu attentive, que... Comme elle prononçait ce mot, un des vases lui échappe, tombe sur l'escalier, et se brise en mille pièces.

— Elle est si maladroite, reprend madame d'Altier, qu'il lui arrive quelquefois ce qui vous arriverait tout comme à elle si vous étiez chargée des mêmes soins.

— En vérité, maman, dit Emmeline impatientée, ce qui m'arrive est bien assez désagréable, sans encore...

— Eh bien! quoi, ma fille?

Emmeline s'était arrêtée, honteuse de son im-

patience; madame d'Altier la prit par la main,
la fit asseoir près d'elle et lui dit :

— Quand votre humeur sera passée, ma fille,
nous raisonnerons. Emmeline baisa en silence les
mains de sa mère, qui lui dit :

— Cela est donc bien fâcheux, mon enfant, ce
qui vous est arrivé, de casser ce vase de terre
peinte qui va être remplacé sur-le-champ par un
de ceux qui sont dans la serre, et parmi lesquels
vous savez que vous pouvez choisir?

— Non, maman, mais...

— Ce n'est pas pour votre anémone qui ne
porte plus de fleurs, et que vous m'avez dit que
vous vouliez remettre dans les plates-bandes;
vous vous êtes épargné la peine de la dépoter.
Emmeline sourit.

— Oui, maman, dit-elle; mais dans ces mo-
ments-là on éprouve toujours quelque chose de
désagréable qui fait qu'on n'aime pas...

— A être tourmenté, n'est-ce pas, ma fille? Et
c'est cependant ce moment-là que vous prenez
pour gronder et maltraiter Geneviève quand il
lui arrive quelque malheur de ce genre, comme
pour ajouter à son chagrin et à sa confusion.

— Mais, maman, elle est obligée de prendre
garde à ce qu'elle fait.

— Plus que vous, Emmeline, quand vous vous occupez de vos affaires? Vous voulez qu'elle prenne de vos intérêts plus de soin que vous n'en pouvez prendre, et que son application à vous servir lui fasse éviter des maladresses que vous n'auriez pas évitées pour vous-même?

— Mais enfin, ce que je casse est à moi, je suis bien assez punie; au lieu qu'elle...

— Ne saurait l'être assez, je le vois bien, pour vous avoir causé un moment d'impatience. Et non-seulement c'est là votre opinion, mais vous voulez que ce soit aussi la sienne; car vous trouveriez très-mauvais qu'elle voulût vous prouver que vous avez tort.

— Sûrement, maman, il serait très-ridicule que Geneviève s'avisât de me raisonner quand je lui dis quelque chose.

— Cela s'entend : quand vous avez de l'humeur, Geneviève doit se dire : Je suis domestique, ainsi mon devoir est de conserver de la raison, de la patience pour mademoiselle Emmeline, qui n'est pas capable d'en avoir. Si mon âge, mes infirmités, ou enfin quelque faiblesse de ma nature rendaient en certains moments mes devoirs plus difficiles, je dois tout surmonter avec courage, de peur de causer à mademoiselle

Emmeline un moment d'attente ou de contrariété qu'elle n'aurait pas la force de supporter. Si l'injustice me blesse, si l'humeur me révolte, si les fantaisies me paraissent une chose ridicule et insupportable, je dois cependant m'y soumettre en considérant que mademoiselle Emmeline est une pauvre petite personne à qui on ne peut pas demander mieux.

— Il faudrait, reprit Emmeline extrêmement piquée, que Geneviève eût bien peu d'attachement pour penser ces choses-là.

En ce moment arriva madame de Serres, très-agitée et en colère; elle n'avait pas fait sa visite.

— Imaginez, ma tante, dit-elle en arrivant, à madame d'Altier, que ma femme de chambre me quitte : elle a choisi le moment où elle était en voiture avec moi pour me l'annoncer. Ainsi je l'ai fait mettre à terre dans le chemin, elle s'en retournera comme elle voudra ; vous voudrez bien me prêter la vôtre pour m'en retourner chez moi. Je l'avais bien longtemps avant mon mariage; elle me quitte pour une place qui, dit-elle, lui convient mieux. Comptez sur l'attachement de ces gens-là !

— Lui étiez-vous fort attachée? demanda négligemment madame d'Altier.

— Oh! pas du tout : elle est lente, désagréable; j'en aurais pris une autre si je l'avais trouvée.

Madame d'Altier se mit à rire. Rien ne lui paraisait plus ridicule que ces plaintes et cet étonnement continuel de ce qu'un domestique n'est pas plus attaché au maître qu'il a servi plusieurs années, quand le maître trouve tout simple de ne se pas soucier du domestique qui l'a servi tout ce temps. Madame de Serres ne vit pas que sa tante se moquait d'elle, mais Emmeline s'en aperçut. Il lui arrivait bien quelquefois de trouver sa cousine assez ridicule. Madame de Serres se consola, en plaisantant sur le plaisir qu'elle aurait de se retrouver sous la tutelle de mademoiselle Brogniard, la femme de chambre de madame d'Altier, qui prenait si gravement sa prise de tabac, et qui, en pleine campagne, marchait aussi droite et faisait la révérence aussi régulièrement que si elle eût été dans un salon au milieu de cinquante personnes. Il fut convenu que, comme il faisait beau et que le chemin était assez court à travers la campagne, elle s'en irait à pied, qu'Emmeline l'accompagnerait avec mademoiselle Brogniard, et qu'en passant elles iraient prendre du lait à une ferme qui se trouvait presque sur le chemin. Elles partirent peu de temps après le dîner; mais à peine étaient-elles arrivées à la ferme, que le temps, serein jusqu'alors, se chargea tout d'un coup, et qu'il commença à pleuvoir par torrents. Lorsqu'au bout d'une heure la pluie eut cessé et qu'elles résolurent de se mettre en route, la campagne était pleine d'eau et de boue, elles y enfonçaient jusqu'à mi-jambe. Madame de Serres se désolait de n'être pas revenue en voiture; Emmeline, un peu choquée de ce qu'elle ne songeait qu'à elle, dit en voyant de loin arriver Geneviève avec un paquet :

— Ah! pour moi, voilà sûrement Geneviève qui m'apporte ma redingote et mes brodequins.

— Non, dit-elle; mais j'apporte les souliers fourrés et la robe ouatée de mademoiselle Brogniard; j'ai pensé qu'avec son rhumatisme, cette humidité pourrait lui faire beaucoup de mal.

— Vous auriez pu au moins, par la même occasion, reprit Emmeline avec humeur, m'apporter mes brodequins.

— Mademoiselle ne me l'avait pas dit.

— Mademoiselle Brogniard ne vous avait rien dit non plus.

— Mais elle savait, Mademoiselle, reprit mademoiselle Brogniard en appuyant d'un ton sententieux sur toutes ses paroles, que je lui en aurais beaucoup d'obligations : en effet, Geneviève, je vous en remercie infiniment.

— Je n'ai fait que mon devoir, disait Geneviève, en aidant mademoiselle Brogniard à passer sa robe; et elle s'en alla, laissant Emmeline extrêmement piquée de ce que Geneviève se croyait plus de devoirs envers mademoiselle Brogniard qu'envers elle. Madame de Serres tâcha de plaisanter sur ce que mademoiselle Brogniard était la mieux vêtue et la mieux servie des trois; mais comme mademoiselle Brogniard répondait fort peu, les plaisanteries finirent, et les lamentations sur la voiture recommencèrent. Enfin, en approchant du grand chemin, madame de Serres aperçut avec un transport de joie sa voiture qui revenait au petit pas. Elle s'y élança.

— Mademoiselle Brogniard, dit-elle, me voilà au château, il n'est pas nécessaire que vous m'accompagniez plus loin. Adieu, ma petite, cria-t-elle à Emmeline, je suis enchantée de vous épargner ce reste de chemin. Et elle partit sans songer qu'elle pourrait tirer Emmeline de ces boues en la ramenant au moins jusqu'à l'avenue du château de sa mère. Emmeline y pensa, et vit bien que le système de sa cousine, de ne pas

5

s'occuper du bonheur de ceux qui la servaient, rentrait dans un système beaucoup plus général, qui était de ne s'occuper de personne.

Ces réflexions et les représentations de sa mère épargnèrent à la vieille Geneviève quelques hauteurs et quelques caprices; mais Emmeline ne savait pas la traiter avec bonté. Elle ne lui commandait jamais que d'un ton sec et bref, et lui commandait toujours. Elle ne s'informait pas si la chose qu'elle lui ordonnait lui était plus facile ou plus commode à faire d'une autre manière ou bien à une autre heure; elle ne s'intéressait jamais à rien de ce qui la regardait : Emmeline avait peur que cette espèce de familiarité lui donnait l'air d'une enfant.

A la fin de l'été, madame d'Altier et sa fille allèrent avec madame de Serres passer quelques jours dans un château du voisinage. Madame de Ligneville, maîtresse de ce château, était une jeune femme de vingt-deux ans, d'une douceur charmante, et remarquable surtout par sa bonté envers ses domestiques, dont la plupart l'entouraient depuis son enfance; sa concierge était son ancienne gouvernante, et madame de Ligneville n'avait pas craint de donner de l'autorité dans sa maison à celle qui en avait eu autrefois sur sa

personne; car à mesure qu'elle était devenue raisonnable, sa gouvernante était devenue aussi
soumise qu'elle était autrefois exacte à se faire
obéir. Sa femme de chambre était la fille de cette
gouvernante, qui avait été élevée avec elle, et
n'en était pas pour cela moins zélée et moins
respectueuse. Son valet de chambre avait appar-
tenu à son père; son jardinier l'avait vue naître,
et lui racontait encore quelquefois comme quoi,
dans son enfance, elle mettait en terre des morceaux
d'abricot pour faire venir des abricotiers. Tous
l'aimaient, il semblait que dans la maison tout se
fît par un ressort qu'on n'apercevait pas, et sans
qu'on eût jamais rien à dire; un ordre avait l'air
d'un avertissement auquel on s'empressait de se
rendre : on ne se doutait pas que madame de Li
gneville eût jamais grondé ses gens, et ils ne le
croyaient pas eux-mêmes; car, s'il lui arrivait
d'avoir quelque reproche à leur faire, ils s'aper-
cevaient de leur tort plutôt que de la réprimande
de leur maîtresse. Emmeline voyait avec étonnement que cette bonté de madame de Ligneville
ne lui donnait ni moins d'élégance ni moins de
dignité. Il lui semblait même qu'elle avait l'air
bien plus maîtresse en n'ordonnant jamais, que
madame de Serres, qui semblait ne pouvoir se

faire obéir qu'à force de dire, de tracasser et de gronder. Elle voyait aussi que, bien qu'on s'amusât quelquefois des petits airs hautains et capricieux de sa cousine, on traitait madame de Ligneville avec bien plus de respect et d'amitié.

Elles étaient chez elle depuis deux jours, quand toute la société du château fut invitée pour le lendemain à une fête qui se donnait à quelques lieues de là. Mesdames de Serres et de Ligneville eurent envie d'y aller en costume de paysannes du pays : Emmeline en avait un qu'on envoya chercher, et qui devait servir de modèle; mais madame de Ligneville, en le voyant, le trouva assez compliqué, et dit qu'elle craignait que sa femme de chambre n'eût pas le temps de le finir pour le lendemain, parce qu'on devait partir de bonne heure.

— Oh! il faudra bien, dit madame de Serres, que la mienne le fasse; je ne lui passe pas ainsi ses fantaisies. Vous gâtez vos gens, ma chère, dit-elle à madame de Ligneville; je le sais par Justine, qui est, je crois, la cousine de votre Sophie, mais que j'ai prévenue qu'elle ne devait pas s'attendre à être traitée de même : croyez-moi, c'est le moyen de n'en rien obtenir.

Madame de Ligneville ne répondit point; elle

s'inquiétait fort peu de faire partager ses sentiments aux autres. Madame de Serres alla vite
donner ses ordres, et Justine se mit à travailler.
Le soir, quand madame de Serres remonta chez
elle, le costume était assez avancé; mais il n'é-
tait pas à sa fantaisie; elle se fâcha, dit qu'elle
ne porterait jamais une horreur pareille, et qu'il
fallait recommencer. Justine dit que cela était
impossible, à moins de passer la nuit. Madame
de Serres répondit qu'elle n'avait qu'à la passer,
et que ce n'était pas un si grand malheur. Justine
dit qu'elle ne le pouvait pas, parce qu'elle était
fatiguée d'avoir travaillé toute la soirée. Madame
de Serres lui dit qu'elle était une impertinente,
et de s'arranger pour le lui apporter le lendemain à son réveil, ou pour ne plus se présenter
devant elle.

Le lendemain, à son réveil, la robe était absolument au point où elle l'avait laissée en se couchant. Justine lui dit que comme Madame paraissait avoir l'intention de la renvoyer, elle venait
lui demander son congé. Madame de Serres s'emporta, lui dit de sortir de sa chambre, qu'elle ne
voulait plus la voir, et fit demander mademoiselle Brogniard pour la lever; enfin elle fit tant
de bruit de ce qu'elle appelait l'insolence de

Justine, elle fut si déraisonnable, que toute la maison sut ce qui lui arrivait et s'en divertit beaucoup, parce qu'on avait déjà entendu rapporter sur son compte plusieurs aventures pareilles. A déjeuner, elle affecta un air plus dégagé qu'à l'ordinaire, pour cacher l'humeur qu'on voyait percer. Elle ne parla point du tout de son habit; madame, de Ligneville n'en parla pas non plus, comptant bien ne pas mettre le sien, quand même il serait fait; et Emmeline, fort triste, parce que sa mère lui avait dit que pour ne pas fâcher sa cousine il ne fallait pas mettre le sien, qui lui allait très-bien, commençait à trouver que madame de Serres avait eu grand tort de traiter Justine de cette manière.

Après le déjeuner on allait se séparer pour les toilettes, lorsqu'on voulut entrer dans la chambre de madame de Ligneville, pour voir une fleur singulière que lui avait apportée son jardinier. Comme on y était, Sophie entra aussi par une des petites portes de l'intérieur de l'appartement, tenant sur ses mains l'habit de madame de Ligneville entièrement fini, et le plus joli du monde; tout le monde le regarda, et fut tenté de regarder madame de Serres, qui, bien qu'en rougissant, s'empressa de le louer.

— En vérité, Sophie, dit madame de Ligneville très-embarrassée, j'y avais renoncé, car
je n'aurais jamais cru que vous pussiez le finir.

— Oh! Madame, dit étourdiment Sophie, ma
cousine m'a aidée, et nous nous sommes levées de
bonne heure.

Cette cousine, c'était Justine. Madame de
Serres rougit encore davantage, et madame de
Ligneville rougit aussi; mais les autres personnes eurent envie de rire. Emmeline le vit, et dès
ce moment sa cousine lui parut aussi ridicule
qu'elle l'était en effet. On insista pour que madame de Ligneville mît son habit; en sorte qu'Emmeline mit le sien. Comme madame de Ligneville
prétendit qu'elle serait sa sœur aînée, elles passèrent presque toute la journée l'une près de l'autre, ce que madame d'Altier trouva très-bon,
parce que madame de Ligneville était extrêmement raisonnable; et Emmeline la trouva si
bonne, si charmante, qu'elle s'y attacha beaucoup. Deux ou trois fois madame de Ligneville
dit en regardant sa robe :

— Il y a vraiment bien de l'ouvrage, il faut
que cette pauvre Sophie ait terriblement travaillé.
Et Emmeline, comme madame de Ligneville lui
plaisait, trouva charmant de sa part ce que peu

de temps auparavant elle aurait regardé comme
au-dessous de sa dignité; mais elle sentait en
même temps qu'il pouvait être doux de recevoir
des preuves d'affection et d'en jouir. Elle s'a-
musa beaucoup à la fête. Cependant, lorsqu'elle
revint, la fatigue et la chaleur qu'elle avait
éprouvées lui donnèrent une petite maladie qui
la retint assez longtemps dans son lit. Un jour,
pendant qu'elle avait la fièvre, elle entendit
Geneviève, qui se donnait beaucoup de soins autour d'elle, dire :

— Il faut bien la soigner, cette pauvre petite,
quoique je sois sûre que quand elle se portera
bien elle me fera bien souffrir. Elle se sentit
humiliée d'avoir besoin de la générosité de Geneviève. Pendant sa convalescence elle eut aussi
besoin bien souvent de ses secours. Comme elle
était très-faible, Geneviève lui était nécessaire
presque pour tous les mouvements qu'elle voulait
faire. Il fallut bien devenir moins fière, et comprendre que c'est bien peu de chose que la dignité et l'autorité d'un être qui ne peut rien par
lui-même. Elle sentit que, si les domestiques ont
besoin des maîtres pour le soutien de leur exis-
tence, les maîtres, que l'habitude de l'aisance a
accoutumés à une foule de délicatesses, ont sans

cesse besoin des domestiques pour l'agrément et la commodité de leur vie. Elle vit aussi dans la suite qu'un domestique laborieux et honnête trouve toujours un maître qui le paye, au lieu qu'un maître qui paye n'est pas toujours sûr de trouver un domestique qui le serve avec zèle et affection; qu'ainsi c'est au maître surtout qu'il importe que les domestiques soient contents. Elle revint à son caractère naturel, qui était de désirer que l'on fût content d'elle, et trouva que c'était ce qu'il y avait de plus doux et de plus commode.

AGLAÉ ET LÉONTINE

ou

LES TRACASSERIES.

Aglaé vivait dans une ville de province avec sa grand'mère, madame Lacour, veuve d'un notaire. Comme madame Lacour avait de l'aisance, et d'ailleurs beaucoup d'ordre et d'économie, elle vivait fort agréablement, ne fréquentant que les personnes de sa classe, sans recher-

cher celles qui se distinguaient par un rang plus
élevé ou par de plus grandes richesses. Elle avait
tous les jeudis son assemblée, et passait les autres soirées chez des personnes de ses amies.
Aglaé, qui l'accompagnait toujours, y retrouvait
nombre de jeunes filles et de jeunes gens de son
âge qui accompagnaient aussi leurs parents, le
jeudi, chez madame Lacour. L'été, on faisait des
parties hors de la ville, on allait passer la journée au jardin de l'une ou de l'autre des personnes
de la société. Ces jardins étaient fort près, les
jeunes gens y allaient à pied, les personnes plus
âgées sur des ânes; on allait courir dans les
champs, on revenait le soir bien las, mais bien
content, et on recommençait quelques jours
après.

Aglaé, qui était douce et bonne, était très-
aimée de ses camarades, mais elle avait particu-
lièrement pour amis Hortense Guimont et Gustave
son frère, enfants du médecin de la ville. Hortense
avait quatorze ans, et Aglaé un an de moins;
Gustave en avait seize. Quoique Aglaé fût moins
familière avec lui qu'avec Hortense, elle l'aimait
beaucoup; elle avait même pour lui une sorte de
respect, parce que Gustave était un jeune homme
fort avancé pour son âge, très-estimé dans la

manière dont il faisait ses études, et qu'on regardait comme destiné à faire son chemin d'une
manière très-honorable. Les gens même qui l'a-
vaient vu enfant commençaient à ne plus dire *le
petit Guimont*, mais *le jeune Guimont*, quelques-
uns même *monsieur Guimont*. Les parents le donnaient pour modèle à leurs fils ; les jeunes gens
étaient fiers de Gustave et ne lui parlaient qu'a-
vec déférence.

Sa sœur Hortense était aussi une personne aimable et raisonnable. M. Guimont, leur père,
les avait très-bien élevés. Quoiqu'il fût très-re-
cherché par tout ce qu'il y avait de plus distin-
gué dans la ville, non-seulement à cause de ses
talents comme médecin, mais à cause de son
esprit et de son amabilité, il n'avait jamais voulu
mener ses enfants dans les sociétés qu'il fré-
quentait lui-même quelquefois.

— Il faut, disait-il, que ma fille reste parmi les
gens avec qui elle est destinée à passer sa vie. Quant
à mon fils, si ses talents lui donnent un jour les
moyens d'être reçu dans le monde d'une manière
agréable, j'en serai enchanté, mais je ne veux
pas lui en donner le goût avant d'être sûr qu'il
pourra s'y maintenir honorablement.

On lui disait quelquefois :

— Avec les connaissances que vous avez, vous pourriez pousser votre fils.

Il répondait :

— Si mon fils a du mérite, il se poussera de lui-même ; s'il n'en a pas, je ne veux pas le pousser à quelque place où il ne ferait que découvrir son incapacité ; et il ajoutait :

—Gustave est beaucoup plus avancé que je ne l'étais quand j'ai commencé, car je crois qu'on pourra être disposé à l'estimer à cause de moi ; c'est à lui à faire le reste, et il fera beaucoup mieux que moi, car je ne puis faire qu'on l'estime à cause de lui. Cependant M. Guimont n'avait pu résister entièrement aux importunités de quelques personnes qui l'aimaient beaucoup et qui l'avaient extrêmement pressé de leur amener son fils. Gustave, qui était fier, s'était trouvé très-mal à son aise au milieu des personnes dont il n'était pas l'égal, qui pensaient lui faire honneur en le recevant, et avec des jeunes gens qu'il ne pouvait traiter comme camarades. Il craignait d'être trop froid, et ne voulait pas cependant être trop poli, parce qu'un excès de politesse aurait pu passer pour flatterie, ou trop prévenant, parce qu'il sentait que ces prévenances n'avaient pas de quoi flatter. Il prit donc son père de ne l'y plus conduire, et songea seulement à acquérir tant de mérite personnel, qu'il pût espérer un jour d'être recherché pour lui-même, de faire honneur à son tour à ceux qui le recevraient, et de les voir attacher du prix à ses prévenances.

Il se plaisait beaucoup chez madame Lacour, qui était une femme fort raisonnable et amie de son père; il aimait fort Aglaé, que sa grand'mère avait élevée aussi bien que peut l'être une jeune personne en province, qui marquait assez de désir de s'instruire, et dont madame Lacour l'avait prié de revoir les extraits. Gustave était un maître très-sévère, et Aglaé craignait beaucoup plus sa désapprobation que celle de sa grand'-mère : quand Gustave était mécontent, c'était Hortense qui les remettait bien ensemble; et même, comme elle était un peu plus âgée et plus habile qu'Aglaé, elle revoyait ordinairement ses extraits avant que celle-ci les montrât à Gustave, tant elle avait peur qu'il ne la trouvât en faute. Malgré cela ils vivaient en très-bonne intelligence, et, après sa sœur, Aglaé était la personne en qui Gustave avait le plus de confiance : elle en était très-fière, car tous les jeunes gens et les jeunes personnes qu'elle voyait faisaient grand cas de l'amitié de Gustave.

Les gens riches et la noblesse qui habitaient
la ville n'y passaient ordinairement que l'hiver;
l'été, tout le monde allait dans ses terres : la ville
n'en était pas moins gaie alors pour Aglaé et les
sociétés de madame Lacour; mais comme elle
était plus tranquille, le moindre mouvement y
faisait impression. On fut donc extrêmement occupé de M. d'Armilly, qui y arriva avec sa fille
Léontine. M. d'Armilly venait d'acheter une
terre dans les environs : le château était inhabi-
table, et il faisait rebâtir; et pour être plus à portée d'en diriger les travaux, il était venu s'établir à la ville, mais il n'y habitait que très-peu,
couchant presque toujours dans une ferme voisine
pour être plus près de ses ouvriers Il laissait sa
fille avec une personne de confiance qui lui servait de gouvernante, et qui aurait été capable de
la bien élever, parce qu'elle avait été bien élevée
elle-même, si, pour plaire à M. d'Armilly, qui
gâtait excessivement sa fille, elle ne lui eût laissé
faire absolument sa volonté.

Léontine, sotte comme un enfant gâté, était
d'une hauteur excessive. Elle avait quinze ans :
c'est l'âge où il entre le plus d'idées ridicules
dans la tête d'une jeune fille. Comme elle avait
quelques parents d'un assez grand nom, elle

avait vécu à Paris dans les sociétés les plus re-
cherchées et avait pris quelques-unes des airs
d'une femme en y joignant toutes les sottises
d'une enfant. Reçue, en arrivant, ainsi que son
père, avec tout le respect qu'inspirait à un maître
de poste un des plus grands propriétaires des environs, elle avait cru devoir soutenir sa dignité
par des tons convenables. Elle avait demandé s'il
y avait en ce moment dans la ville quelqu'un à
voir. On lui avait indiqué madame Lacour,
M. Guimont, M. André, fabricant de toiles, M. Dufour, gros marchand de vin, etc. Elle avait nommé
quelques-unes des personnes plus connues qu'elle
savait y habiter, personne n'y était alors; et
Léontine, contente d'avoir au moins fait connaître par ses questions quelles étaient les sociétés
qui lui convenaient, n'avait osé, quelqu'envie
qu'elle eût d'être impertinente, déployer que la
moitié des airs ridicules qu'elle avait préparés
pour montrer le dédain que lui inspiraient les
autres noms.

Réduite à la société de sa gouvernante et à
quelques courses qu'elle faisait avec son père au
château que l'on bâtissait, Léontine n'avait trouvé
d'autre divertissement que de choisir dans ses
robes ce qu'il y avait de plus nouveau, ce qu'elle

imaginait devoir faire un effet plus extraordinaire en province, et aller tous les jours à la promenade de la ville étaler ses grâces méprisantes.
Tout le monde la regardait, c'était ce qu'elle désirait : tout le monde se moquait d'elle sans
qu'elle s'en doutât, mais en secret toutes les jeunes filles commençaient à l'imiter. On remarquait
déjà qu'elles portaient la tête beaucoup plus haute,
et qu'il s'était fait une innovation dans la manière
d'attacher les ceintures. Aglaé avait déjà tourné
et retourné son chapeau de deux ou trois manières pour lui donner quelque chose de l'air de
celui de Léontine, et elle avait essayé deux ou
trois façons d'arranger les plis de son châle.

Gustave s'en était aperçu, et s'était moqué
d'Aglaé, qui n'en était pas convenue, mais qui
avait en secret pris beaucoup d'humeur contre
Gustave de ce qu'il n'avait pas senti le mérite
d'un nœud qu'elle avait trouvé moyen de placer
précisément comme l'était celui de Léontine la
veille.

L'agitation était générale : Hortense même, si
accoutumée à déférer aux opinions de son frère,
s'était déjà disputée deux fois avec lui, parce
qu'elle soutenait que, de ce qu'une mode avait
été apportée par Léontine, ce n'était pas une

raison pour qu'elle ne fût pas jolie, et que, si elle
était jolie, il était raisonnable de la prendre.
Gustave, presqu'aussi enfant dans son genre
qu'Aglaé dans le sien, ne voulait pas qu'on imi-
tât en rien Léontine, tant il avait d'humeur de
l'importance qu'on mettait à tout ce qui venait
d'elle. En effet, elle ne faisait pas un pas qui ne
fût su; on était instruit de ce que le cuisinier de
son père avait acheté pour son dîner, et l'on in-
triguait sourdement pour savoir ce qu'elle mangeait à son déjeuner. On savait si elle avait
bien ou mal entendu la messe, ce qui prouvait
que les observateurs l'avaient entendue avec peu
d'attention. Enfin, quand elle passait dans la rue,
on s'appelait à la fenêtre.

Qu'on juge du mouvement qui se fit dans la
maison de madame Lacour lorsqu'un matin Léontine vint avec sa gouvernante, mademoiselle
Champré, lui rendre visite. Le mari de madame
Lacour, longtemps notaire dans une autre province, avait rendu de grands services à M. d'Armilly dans ses affaires : celui-ci ayant su que sa
veuve habitait la ville, avait recommandé à sa
fille de l'aller voir, en attendant que ses affaires
lui permissent d'y aller lui-même; et Léontine,
qui commençait à s'ennuyer, ne fut pas fâchée

d'avoir un prétexte pour déroger à sa dignité.
Madame Lacour, qui n'avait pas beaucoup par-
tagé l'extrême intérêt qu'on prenait à tout ce que
faisait Léontine, ne fut que médiocrement émue
de sa visite; mais Aglaé rougit dix fois avant
qu'elle lui adressât la parole, et dix fois encore
en lui répondant.

Il n'est pas si aisé qu'on le croirait bien de
prendre de certains airs avec les gens qui ne
sont pas accoutumés à ces airs-là, et dont la simplicité les dérange à chaque instant. Lorsqu'on
n'est pas soutenu par la concurrence, et l'exemple des autres, par l'affectation de ceux qui nous
entourent, on retombe malgré soi dans le naturel, et les tons étudiés de l'impertinence ne re-
viennent que par instants et comme par souvenir. Léontine fut beaucoup moins ridicule qu'on
n'aurait pu le penser. Madame Lacour, avec son
indulgence ordinaire, la trouva bien, et Aglaé
déclara qu'elle était charmante.

C'était le jeudi : le soir, à l'assemblée de madame Lacour, on ne parla d'autre chose que de
la visite du matin.

— Elle s'est donc enfin décidée, disaient les
unes; il faut croire qu'elle nous fera aussi l'honneur de venir nous voir; et elles étaient cho-

quées de ce que Léontine avait commencé par
madame Lacour. D'autres se retranchaient dans
leur dignité et disaient qu'elles s'en souciaient
fort peu. Les autres, moins réservées, demandaient ce qu'elle avait dit, calculaient le jour où
elle irait voir ou madame André, ou madame
Dufour, se disaient à l'oreille qu'elle pourrait bien
ne pas aller voir madame Simon, qu'elles ne jugeaient pas être d'aussi bonne compagnie qu'elles, et commençaient à convenir que cela serait
tout simple. Les jeunes filles répétaient dans
leur coin à peu près les mêmes choses que leurs
mères, et avec plus de volubilité encore. Pour
Aglaé, elle racontait, expliquait, recommençait
du ton le plus important et le plus animé, llors-
qu'elle s'aperçut que Gustave, dans son coin,
haussait les épaules en souriant d'un air ironi-
que : cela la déconcerta prodigieusement; mais
comme elle vit qu'Hortense l'écoutait avec plus
d'intérêt que son frère, elle se remit, et aurait
volontiers continué toute la soirée cette conversation. Ce ne fut qu'à son grand déplaisir qu'on
parla d'autre chose; aussi avait-elle soin de ramener ce sujet à chaque instant.

— C'est précisément, disait-elle, ce que me
racontait ce matin mademoiselle Léontine d'Ar-

milly. Si on parlait d'un site des environs :

— Mademoiselle Léontine d'Armilly ne l'a pas encore vu, reprenait Aglaé. On se plaignait du chaud qu'il avait fait dans la journée.

— Mademoiselle Léontine d'Armilly, observait Aglaé, a été bien étonnée de trouver l'appartement de ma bonne-maman si frais.

En ce moment elle se balançait sur sa chaise; les deux pieds de devant de la chaise glissèrent en arrière, Aglaé et la chaise tombèrent chacune de leur côté. Tout le monde accourut pour relever Aglaé, Gustave comme les autres; mais quand il vit qu'elle ne s'était point fait de mal :

— Apparemment, dit-il, que c'est comme cela que fait mademoiselle Léontine d'Armilly. Tout le monde se mit à rire. Aglaé, honteuse et en colère, ne prononça plus le nom de Léontine, mais elle ne parla pas à Gustave de la soirée. Quoiqu'elle n'osât pas trop le bouder, il est certain qu'elle commençait à perdre toute sa confiance en lui, car elle voyait qu'elle ne pouvait pas lui parler de ce qui, en ce moment, l'occupait le plus. Elle craignait aussi un peu Hortense, et se trouvait mal à son aise avec ceux qu'elle aimait le mieux, parce qu'ils ne partageaient pas les ridicules plaisirs de sa vanité.

Les autres, tout en se moquant de l'importance qu'elle avait mise à la visite de Léontine, en mirent autant à l'attendre : pendant trois ou quatre jours, à l'heure où elle était venue chez madame Lacour, les jeunes filles eurent soin de se mettre sur leur propre, de tenir l'oreille au guet, et Léontine ne vint point, mais on apprit qu'elle avait prié Aglaé à déjeuner; et le soir, à l'assemblée, Aglaé, qui n'osa pas trop parler de son déjeuner, parce que Gustave était là, dit seulement que le lendemain Léontine devait venir la prendre pour qu'elles allassent ensemble à la promenade. Toutes les camarades d'Aglaé se redressèrent d'un air piqué; on voyait toute l'humeur que leur donnait cette préférence; une d'elles, nommée *Laurette*, moins fière et plus étourdie que les autres; dit à Aglaé :

— Eh bien! je demanderai à maman la permission d'aller à cette heure-là chez toi; de cette manière je serai aussi de la promenade. Aglaé, fort embarrassée, balbutia quelques excuses; elle dit que Léontine ne connaissait pas Laurette, qu'elle ne savait pas si cela lui conviendrait. Laurette dit que cela lui était bien égal, qu'elle trouverait de reste avec qui se promener, et proposa sur-le-champ la partie à deux ou trois autres jeunes personnes, qui l'acceptèrent en disant :

— Oh! pour nous, il ne nous siérait pas d'être si fières. Une des mères entendit tout cela : heureusement que ce n'était pas celle de Laurette, car elle aurait fait une scène; mais elle n'en dit pas moins quelques mots sur l'importance qu'il y avait à s'exposer à des affronts, et tint plusieurs autres propos pleins d'aigreur qui furent répétés par les jeunes personnes. La soirée se passa de la manière la plus désagréable. Madame Lacour, qui était incommodée, était restée chez elle. Le soir, ce fut M. Guimont qui, en venant chercher ses enfants pour les ramener, reconduisit aussi Aglaé. Elle se tint constamment auprès de monsieur Guimont pour éviter de parler à Hortense et à Gustave, dont elle avait bien vu le mécontentement, quoiqu'ils n'eussent rien dit, et que même Hortense, avec sa bonté ordinaire, eût essayé plusieurs fois de rompre les propos qui pouvaient être désagréables à Aglaé. Si elle y eût réfléchi, elle eût senti que le plaisir d'être préférée pour tenir compagnie à Léontine ne valait pas ce qu'il lui faisait souffrir d'embarras avec ses amies; mais la vanité l'aveuglait, et elle ne sentait pas combien c'est s'abaisser que de se croire honorée d'une pareil" distinction.

Le lendemain, Aglaé, aussi parée qu'il lui avait été possible, se rendit avec Léontine à la promenade. On voyait dans son maintien l'orgueil qu'elle éprouvait d'être l'objet de l'attention, et en même temps son embarras envers Léontine, avec qui elle n'était pas à son aise, craignant toujours de dire quelque chose qui ne lui parût pas convenable : car ce qu'il y avait de singulier, c'est qu'elle se rendait ridicule, sans s'en inquiéter, aux yeux d'un grand nombre de personnes avec qui elle était destinée à vivre, tandis que l'idée de paraître ridicule à une seule qu'elle connaissait à peine, et qu'elle devait peut-être voir pendant deux mois tout au plus, lui aurait causé un chagrin inexprimable. Tout le monde s'était rendu à la promenade. Les mères passaient auprès d'Aglaé d'un air digne et mécontent, quelques-unes en disant un mot d'humeur qu'elle mourait de peur que Léontine n'entendît. Quelques jeunes personnes se redressèrent aussi : tous les jeunes gens la saluèrent, mais elle trouva à quelques-uns, ce jour-là, l'air si commun et une si mauvaise tournure, qu'ils furent extrêmement mécontents de la manière dont elle leur rendit leur salut, épiant pour ainsi dire le moment où Léontine ne la verrait pas. Celle-ci lui avait déjà

demandé le nom et la profession de plusieurs, et
Aglaé avait répondu avec un peu de peine, parce
qu'elle ne trouvait pas leurs titres fort brillants à
présenter ; quand elle prévoyait quelque critique
à faire sur leur personne ou leur tournure, elle
se hâtait de la faire, de peur que Léontine ne la
soupçonnât de ne s'en pas apercevoir ; jamais elle
n'avait découvert tant de défauts à ses amis et à
ses connaissances. Enfin elle aperçut de loin Hortense et son frère.

— Ah ! dit-elle, ceux-là sont bien aimables.
Elle mourait d'envie de leur faire faire connaissance avec Léontine, car elle imaginait que cela
leur ferait plaisir comme à elle ; et malgré ses
mécontentements, elle les aimait véritablement.
D'ailleurs elle était fière de Gustave, de son esprit, de sa réputation, et elle était bien aise de
s'en parer auprès de Léontine ; aussi se mit-elle
à lui faire son éloge avec beaucoup de chaleur,
disant qu'il faisait des vers charmants, et que tout
le monde assurait qu'il était fait pour figurer à
Paris dans la *meilleure société.*

— Il faudrait pour cela, ma chère, répondit
Léontine d'un air capable, qu'il prit un peu de
tournure, car il a bien l'air d'un écolier. En
disant ces mots, elle jeta sur Hortense et

Gustave un coup d'œil distrait, et parla d'autre chose.

Aglaé rougit, moitié pour Gustave, moitié pour elle, qui s'était ainsi compromise : ils arrivaient en ce moment près d'elle ; elle aurait bien voulu s'arrêter à leur parler ; elle ralentit son pas ; mais Léontine, qui avait la tête tournée d'un autre côté, continua à marcher, et Aglaé la suivit, jetant sur Hortense, car elle n'osait regarder Gustave, un regard honteux et triste qui semblait dire :

— Voyez, je ne sais que faire. Et Gustave haussa les épaules de l'asservissement où s'était réduite sa faible petite amie.

Le lendemain, il ne fut question dans la ville que des impertinences d'Aglaé. L'une disait qu'elle ne l'avait pas saluée, une autre prétendait qu'elle avait fait semblant de ne pas la voir ; une troisième, qu'elle l'avait regardée en riant et en se moquant d'elle avec Léontine. Les jeunes gens étaient les uns pour, les autres contre. Gustave était le seul qui ne dit rien, mais il avait l'air triste, et Hortense tâchait d'atténuer les torts d'Aglaé.

Deux jours après, celle-ci mena Léontine se promener au jardin de madame Lacour. Comme elle ne savait quelle fête lui faire, elle avait engagé la servante à lui porter du lait et des échaudés, mais elle n'avait osé le dire à sa grand'mère, de peur que madame Lacour ne lui dît qu'il fallait engager ses amies à y venir aussi. Aglaé aurait sûrement trouvé cela plus amusant que le tête-à-tête avec Léontine, mais elle ne savait pas si cela lui conviendrait, et elle était si enfant, qu'elle osait beaucoup moins hasarder avec Léontine qu'elle n'aurait hasardé avec une personne respectable. Tandis qu'elles étaient dans le jardin, Laurette passa devant la porte; elle la vit ouverte et entra. Elle revenait avec la servante de la maison de chercher des fruits et de la salade du jardin de son père; elle portait son panier à son bras; elle avait sa robe de tous les jours, qui n'était pas trop propre, parce que Laurette était peu soigneuse. La servante avait la tournure et le ton grossier d'une paysanne; elle rapportait dans un torchon un jambon qu'elle avait enterré plusieurs jours dans le jardin pour l'attendrir et qu'elle avait été y chercher. Qu'on juge de l'embarras d'Aglaé à une pareille visite. Si elle eût été une personne raisonnable, si elle eût eu quelque dignité, elle eût, sans affectation, accoutumé Léontine, dès les premiers jours, à lui voir les habitudes simples d'une petite fortune, et par conséquent à les retrouver dans les personnes de sa connaissance. Il n'aurait pas été nécessaire pour cela de s'entretenir des soins du ménage, ce qui est toujours ennuyeux, mais seulement ne s'en pas cacher comme d'une chose humiliante ; et, par exemple, elle n'aurait pas pris cent mille détours pour éviter de laisser connaître à Léontine que c'étaient elle et sa grand'-mère qui faisaient elles-mêmes leurs confitures, préparaient pour l'hiver les cornichons, les légumes et les fruits secs. Léontine, si elle l'avait su, aurait pu trouver qu'il était plus agréable de n'avoir pas la peine de prendre ces soins-là soi-même, mais elle n'aurait certainement jamais osé en faire un motif de dédain, car il y a dans les actions raisonnables, lorsqu'on les fait d'une manière naturelle, sans honte et sans ostentation, quelque chose qui impose aux personnes même qui ne le sont pas. Aglaé, si elle eût pris ce parti, n'aurait pas été embarrassée de voir arriver Laurette avec la salade, et la servante avec son jambon ; mais tous les airs de dame qu'elle avait voulu prendre se trouvaient dérangés par l'apparition de Laurette : aussi la reçut-elle assez mal ; et sans mademoiselle Champré, qui lui fit faire

une place sur le gazon où elles étaient assises,
elle l'aurait laissée debout. Laurette, qui était
fort mal élevée, dit plusieurs choses ridicules. La
servante se mêla aussi plusieurs fois de la conversation. Aglaé était au supplice; enfin Laurette
s'en alla, parce que la servante, assez mécontente de ce qu'elle la faisait attendre, lui détailla,
pour la presser, tout ce qu'il y avait à faire dans
la maison. Le soir, à l'assemblée de madame Dufour, où Laurette se rendit avec sa mère, on
raconta qu'Aglaé avait donné à goûter à Léontine
dans le jardin de sa grand'mère et n'avait invité
personne, que Laurette y était venue par hasard,
et qu'elle ne lui avait seulement rien offert. On
s'échauffa beaucoup là-dessus, et il fut convenu
que puisque madame Lacour souffrait que sa petite-fille fît de pareilles *malhonnêtetés*, on n'irait
pas le lendemain jeudi à son assemblée.

Madame Lacour ne savait rien de tout cela :
malade depuis huit jours, elle n'avait vu que
M. Guimont, qui s'occupait fort peu de tous ces
caquetages, et trouvait que les sottises d'une enfant ne valaient pas la peine qu'on y fît attention. Elle recevait le jeudi pour la première fois,
et fut étonnée de ne voir arriver personne; elle
s'imagina qu'on la croyait encore malade, et

voyant avancer l'heure, envoya sa servante chez deux ou trois de ses voisines leur faire dire qu'elle les attendait. Elles répondirent qu'elles ne pouvaient venir. On rendit cette réponse à madame Lacour devant une vieille dame qui, n'ayant pas de fille, n'avait pas cru devoir partager le ressentiment qu'inspirait la conduite d'Aglaé : d'ailleurs, comme elle aimait les nouvelles et les commérages, elle était bien aise de savoir ce qui se passerait chez madame Lacour, si on tiendrait la parole qu'on s'était donnée, ce qu'en penserait madame Lacour et ce qu'elle dirait à Aglaé. En conséquence, lorsque madame Lacour marqua son étonnement de se voir ainsi abandonnée :

— Cela n'est pas étonnant, dit la vieille dame, après ce qui s'est passé.

— Que s'est-il donc passé? demanda madame Lacour. Alors la vieille dame lui raconta, avec toutes les amplifications ordinaires en pareil cas, les torts d'Aglaé et l'indignation de tout le monde. Pendant ce récit, Aglaé, dans l'état le plus pénible, s'excusait, tâchait de se justifier, niait quelques faits, en expliquait d'autres, ce qui n'empêcha pas madame Lacour d'être extrêmement fâchée contre elle, et de lui dire d'un ton sévère qu'elle ne savait à quoi il tenait qu'elle ne l'envoyât sur-le-champ faire des excuses à toutes ces dames, mais que cela ne lui manquerait pas. M. Guimont et ses enfants, qui entrèrent en ce moment, la trouvèrent toute en larmes.

—J'espère, au moins, dit madame Lacour, que vos impertinences ne se sont pas étendues jusqu'aux enfants de mon ami Guimont, car je ne vous le pardonnerais de ma vie.

Hortense rougit un peu et courut embrasser Aglaé. Gustave ne dit rien; mais madame Lacour lui ayant demandé si ce n'était pas par mécontentement contre Aglaé qu'il n'était pas venu corriger ses extraits depuis plusieurs jours, il assura qu'il avait eu beaucoup d'ouvrage, ce que confirma son père, et il proposa de les revoir sur-le-champ. Aglaé, tremblante, alla chercher son papier, et le remit à Gustave sans lever les yeux: il corrigea les extraits, mais sans causer avec Aglaé comme il avait coutume de faire; et lorsqu'il eut fini, il alla se placer auprès de la partie que faisait M. Guimont avec madame Lacour et la vieille dame. Aglaé avait le cœur bien serré; Hortense la consola du mieux qu'elle put, et lui dit :

— Nous allons avoir bien d'autres caquets;

une dame allemande, la princesse de Schwamberg, vient d'arriver il y a deux heures; elle est
obligée de s'arrêter ici quelques jours, parce que
la gouvernante de ses filles, qu'elle aime beaucoup et qui est comme son amie, est tombée malade. Il se trouve que cette gouvernante, qui est
Française, est parente de mademoiselle Champré : c'est mon père qui lui a appris qu'elle était
ici avec mademoiselle d'Armilly; et la princesse
compte, avec la permission de M. d'Armilly, envoyer ses filles passer une partie de leurs jour-
nées chez mademoiselle Léontine.

Aglaé, malgré son chagrin, pensa avec une
certaine satisfaction qu'elle verrait les princesses
d'Allemagne; sa vanité jouissait extrêmement
de l'idée de se voir admise dans une société si
relevée : elle fit à Hortense beaucoup de questions auxquelles celle-ci ne put répondre; son
père ne l'entretenait pas de ces niaiseries; d'ailleurs la partie ayant fini et Gustave s'étant approché, Aglaé se tut.

Le lendemain, madame Lacour était trop fâchée pour qu'Aglaé osât lui demander la permission d'aller chez Léontine, mais elle espérait
qu'elle enverrait peut-être pour l'engager à venir : elle n'en entendit pas parler, ni le lendemain

non plus. Il avait été convenu que le dimanche Léontine mènerait Aglaé se promener dans la calèche de son père. Madame Lacour, quand elle l'avait su, avait eu de la peine à y consentir; mais enfin elle n'avait pas voulu rompre un arrangement déjà fait. Elle réprimanda encore très-sévèrement Aglaé de sa conduite, et lui ordonna la plus grande politesse pour les personnes de sa connaissance qu'elle rencontrerait. Aglaé se rendit à l'heure indiquée chez Léontine : on lui dit qu'elle était avec mesdemoiselles Schwamberg à la promenade, où la calèche devait les prendre : elle court à la promenade, et se dépêche en voyant de loin la calèche, et arrive toute essoufflée, disant qu'elle a bien craint de faire attendre. Elle arrive au moment où Leontine montait dans la calèche.

— Oh! non, dit-elle, nous ne vous attendions pas, car il n'y a pas de place.

— Comment, dit Aglaé étonnée, ne m'aviez-vous pas dit...

— Vous voyez bien, ma chère, reprend Léontine d'un ton d'impatience, qu'il n'y a pas de place : mesdemoiselles de Schwamberg, mademoiselle Champré et moi, cela fait quatre.

Mademoiselle Champré veut dire un mot,

une des jeunes princesses propose de se serrer.

— Non, non, dit Léontine, nous étoufferions ;
ce sera pour une autre fois.

En ce moment le cocher était monté sur son
siége. Léontine fait à Aglaé un signe de tête pro-
tecteur, et la voiture part. Aglaé reste stupé-
faite. Toutes les personnes qui étaient à la promenade, et qui s'étaient approchées pendant la
contestation, avaient été témoins de l'humiliation
d'Aglaé. Elle entendit les ricanements et les chuchotements de quelques-unes ; elle leva les yeux,
et vit plusieurs des personnes de sa connaissance
la regarder d'un air moqueur : quelques autres
s'en allaient en levant les épaules. Elle se sauva,
le cœur gros de dépit et de honte. Quelques jeunes gens mal élevés la suivirent en se moquant
d'elle et en tenant derrière elle mille propos
qu'elle entendait : l'un d'eux se détacha, et, passant devant elle, lui ôta son chapeau en disant :

— C'est comme cela que fait mademoiselle Léontine d'Armilly. La servante qui accompagnait
Aglaé se fâcha contre les jeunes gens, disant
que leurs parents en seraient instruits . cela ne
fit que redoubler leurs rires et leurs moqueries.
Aglaé marchait le plus vite qu'elle pouvait pour
les éviter : elle arriva chez elle toute en nage et

en larmes. Questionnée par sa grand'mère, il fallut bien lui avouer ce qui s'était passé : elle eut
encore le chagrin de s'entendre dire que cela
était bien fait, et qu'elle n'avait que ce qu'elle
méritait. Cependant, madame Lacour se promit,
sans rien en dire à sa petite-fille, de faire faire
une leçon à ces jeunes gens mal appris par M. Guimont, qui avait une grande autorité dans toutes
les sociétés de la ville.

Aglaé passa deux jours bien tristes; elle ne
serait pas sortie si sa grand'mère ne le lui avait
ordonné absolument, tant elle avait peur de trouver sur son chemin ceux qui s'étaient moqués
d'elle. Deux fois elle avait rencontré Léontine
causant et riant avec mesdemoiselles de Schwamberg, et qui l'avait à peine regardée : elle n'avait
vu personne, pas même Hortense; elle savait
que le mercredi toute la société devait aller au
jardin de madame Dufour, et on ne l'avait pas invitée : elle s'affligeait de se voir ainsi abandonnée de tout le monde, quand le mercredi elle vit
arriver Hortense; elle en fut très-étonnée, elle la
croyait au jardin avec les autres. Hortense lui
dit qu'avec la permission de leur père, elle et
son frère avaient refusé. Aglaé lui demanda bien
timidement pourquoi.

— J'ai mieux aimé passer la journée avec vous.

— Et Gustave? demanda Aglaé plus timidement encore.

— Gustave, reprit Hortense un peu embarrassée, il n'a pas voulu y aller, parce que vous n'étiez pas priée, et l'a bien dit, afin qu'on ne crût pas qu'il était brouillé avec vous ; mais il dit qu'il ne reviendra plus que le moins qu'il pourra ; car, dit-il, je ne peux plus compter sur Aglaé, qui abandonne d'anciens amis pour se faire la complaisante de mademoiselle d'Armilly.

Aglaé pleurait amèrement. Hortense tâcha de la consoler ; mais elle n'osait trop lui promettre que son frère pût s'apaiser, car il lui avait paru bien décidé, et Aglaé sentait mieux que jamais que l'amitié de Gustave était plus honorable que le goût de fantaisie qu'avait pris pour elle un instant mademoiselle d'Armilly. Pendant qu'Hortense et elle étaient assez tristement ensemble, Gustave arrive ; il avait l'air toujours un peu sérieux, mais moins froid ; Hortense et Aglaé rougissent d'étonnement et de plaisir de le voir.

— Il faut, dit-il, qu'Aglaé vienne à la promenade avec nous. J'ai demandé à mon père de nous y mener, il s'habille, il va venir. On vient

de me dire, poursuivit-il d'un ton très-vif, qu'A-
glaé n'oserait plus se montrer à la promenade
après ce qui lui est arrivé; il faut faire voir le
contraire : tout le monde doit s'y rendre en re-
venant du jardin de madame Dufour, il faut qu'on
voie qu'elle a toujours ses... anciens amis pour la
soutenir.

Il avait hésité, car il ne savait comment dire;
Aglaé, extrêmement émue, se jeta dans les bras
d'Hortense, comme pour remercier Gustave; mais
elle était affligée de ce qu'il avait hésité, de ce
qu'il n'avait parlé que d'*anciens amis*.

— Mon Dieu! mon Dieu! dit-elle en appuyant
sa tête sur l'épaule d'Hortense, n'êtes-vous donc
plus mes amis? Hortense l'embrassa, la rassura :
Gustave ne dit rien; mais Aglaé, en levant un
instant les yeux sur lui, vit qu'il avait l'air plus
doux et moins sérieux. Madame Lacour n'était
pas en ce moment dans la chambre, c'était pour
cela que Gustave avait répété ce qu'on venait
de lui dire; car, comme elle était encore incommodée, on lui parlait le moins qu'on pouvait de
toutes ces tracasseries qui commençaient à la
chagriner, et qui auraient pu d'ailleurs la fâcher
sérieusement contre les personnes de sa société,
avec qui M. Guimont désirait de la raccommoder.

On lui demanda simplement de permettre qu'A-
glaé s'allât promener avec M. Guimont et ses enfants; elle y consentit volontiers, car elle était
enchantée de la voir en si bonne compagnie.
M. Guimont arriva, Hortense prit le bras de son
père, et Gustave donna le sien à Aglaé. Elle tremblait un peu et n'osait lui rien dire; enfin une
pierre lui ayant accroché le pied de manière
qu'elle serait tombée s'il ne l'eût soutenue, il lui
demanda avec tant d'intérêt si elle s'était fait mal,
que cela commença à l'enhardir. Elle lui parla de
ses extraits, lui dit ce qu'elle avait fait, lui demanda des conseils; ensuite elle se hasarda à lui
demander :

— Est-ce que vous serez toujours fâché contre
moi ?

Gustave ne répondit rien. Les larmes vinrent
aux yeux d'Aglaé; elle les tenait baissés; Gustave vit pourtant qu'il lui avait fait de la peine.

—Nous ne sommes pas fâchés, dit-il d'un ton un
peu ému; mais ce qui nous afflige, c'est de voir
que vous ayez été si prompte à oublier vos amis
pour une étrangère.

Alors les larmes d'Aglaé coulèrent tout-à-
fait.

— Je ne vous avais point oubliés, dit-elle à

voix basse, car tout mon désir était de vous faire faire connaissance avec Léontine.

Gustave rougit et reprit un peu vivement :

— Nous n'aurions pas fait connaissance avec mademoiselle d'Armilly, ce n'est point là une société pour nous; nous ne voulons vivre qu'avec des gens qui nous traitent en égaux.

Aglaé sentit bien, par cette réponse de Gustave, combien il avait dû être humilié pour elle de l'espèce de respect avec lequel elle se tenait devant Léontine; elle y avait beaucoup réfléchi depuis deux jours, et en ce moment la fierté de Gustave l'en faisait rougir encore davantage.

— Eh bien! dit-elle après un moment de silence, que dois-je faire avec Léontine, car elle voudra peut-être me revoir, peut-être même vais-je la rencontrer à la promenade?

— Demandez-le à mon père, dit Gustave; car il était trop raisonnable pour croire qu'il pût se fier à ses propres idées. Ils se rapprochèrent de M. Guimont, et Gustave lui répéta la question d'Aglaé.

— Ma chère enfant, lui dit M. Guimont, comment vous conduiriez-vous si c'était Laurette ou mademoiselle Dufour qui vous eût fait l'impolitesse que vous a faite mademoiselle d'Armilly?

vous ne vous brouilleriez pas pour cela avec
elle, car c'est mettre trop d'importance à ces choses-là ; mais comme il vous serait prouvé qu'elle
ne tient pas beaucoup à votre société, puisqu'elle
négligerait d'avoir pour vous les égards qui peuvent vous rendre la sienne agréable, vous ne
vous y livreriez qu'avec beaucoup de réserve,
froidement et sans rien faire qui pût lui prouver
que vous avez envie d'entretenir sa connaissance.
C'est de même qu'il faut vous conduire avec mademoiselle d'Armilly. Selon les usages du monde,
vous n'êtes pas son égale, puisqu'elle est plus riche et de plus grande naissance que vous ; ces usages ont des raisons bonnes ou mauvaises auxquelles il faut bien se soumettre : ainsi l'on doit
trouver tout simple que des gens qui vivent dans
une situation supérieure à la vôtre ne recher-
chent pas votre société, et il faut supporter sans
humeur les petites distinctions qu'ils se croient
en droit d'obtenir.

Mais personne n'est obligé de vivre avec des
gens qui ne vous traitent pas comme il vous convient ; ainsi il ne faut consentir à vivre avec une
personne qui n'est pas votre égale que quand
elle oublie absolument cette inégalité et vous
traite comme ses autres connaissances. Gustave

écoutait avec un grand plaisir ce discours de son père, en qui il avait beaucoup de confiance, et qui modérait quelquefois ses idées de fierté un peu exagérées. Aglaé le remercia, et lui promit de se conduire envers Léontine avec toute la réserve convenable.

— Ah! si vous la revoyez, dit Gustave, elle vous reprendra, et ce sera toute la même chose. Aglaé assurait que non ; Gustave avait l'air de ne pas le croire.

— Aglaé ne courrait aucun risque, dit M. Guimont, si elle avait toujours avec elle une personne raisonnable, mais sa digne grand'mère ne peut toujours l'accompagner.

— Eh bien! dit Aglaé en prenant le bras d'Hortense, tandis que de l'autre elle tenait celui de Gustave, pour avoir toujours avec moi quelqu'un qui me soutienne, si M. Guimont le permet, si ma bonne-maman le veut bien, quand je ne serai pas avec elle, je n'irai jamais nulle part où Hortense et Gustave ne puissent être avec moi.

— Cela pourra vous gêner quelquefois, dit Gustave, à qui cet engagement faisait pourtant un bien grand plaisir.

— Non, non, s'écria Aglaé. Elle sentait bien en ce moment que tout ce qu'il pouvait y avoir

de plus heureux et de plus honorable pour elle,
c'était d'être entourée de ses bons et dignes amis.
Ils arrivèrent à la promenade; tout le monde y
était déjà. Aglaé tenait le bras d'Hortense, Gustave marchait près d'elle d'un air fier et content ;
les jeunes gens qui s'étaient moqués d'Aglaé la
saluèrent d'un air assez décontenancé; car monsieur Guimont, qui les avait déjà réprimandés,
leur jeta un regard sévère qui leur fit baisser les
yeux. Aglaé rougit un peu; mais elle se sentait
protégée, et jouissait de sa nouvelle situation.
Madame et mademoiselle Dufour passèrent ;
M. Guimont et Gustave leur prirent, en riant, le
bras, et les obligèrent, après quelques petites façons, à se promener avec eux; les autres personnes qui étaient avec madame Dufour la suivirent,
et Aglaé se trouva au milieu de toute cette société, qui avait été si mécontente d'elle. On ne
lui parla pas d'abord, et on laissa même échapper
quelques allusions assez peu agréables; mais la
présence de M. Guimont retenait, d'autant qu'il
avait déjà parlé à plusieurs du ridicule de toutes
ces tracasseries.

Cependant Aglaé se sentait bien gênée; mais
à chaque mot désobligeant, Hortense pressait
plus tendrement son bras, et Gustave se rappro-

chait d'elle pour lui témoigner une attention ou lui dire un mot aimable, et cette amitié consolait bien Aglaé. Enfin on cessa de la tourmenter ; mais elle trembla quand elle vit arriver Léontine avec mesdemoiselles de Schwamberg. Léontine s'approcha d'elle, et lui dit quelques mots sur ce qu'elle avait été fâchée de ne pouvoir l'emmener deux jours auparavant. Mademoiselle Champré avait enfin pris sur elle de lui faire sentir combien sa conduite avait été ridicule ; et comme mesdemoiselles de Schwamberg, qui étaient très-polies, avaient été extrêmement fâchées du désagrément qu'avait éprouvé Aglaé à cause d'elles, Léontine avait pensé que, pour conserver leur bonne opinion, il fallait qu'elle réparât un peu un tort qu'elle disait n'avoir eu que par étourderie. Elle fit ses excuses d'un air assez gauche qu'elle voulait rendre dégagé. Aglaé ne répondit rien. Ce silence, et tout le monde qui était avec elle, embarrassèrent encore Léontine, qui lui dit brusquement :

— Voulez-vous faire un tour avec nous?

— Non, dit Aglaé, montrant des yeux les personnes qui l'entouraient, je suis avec ces dames. Léontine rougit, et faisant un signe de tête, s'éloigna d'un air assez piqué. Le refus d'Aglaé fit

un très-bon effet; on ne s'occupa plus que de
Léontine, qu'on se mit à examiner à chaque tour
de promenade avec une attention qui finit par
l'embarrasser beaucoup, quoiqu'elle affectât un
air de hauteur qui ne déconcertait personne. Le
lendemain jeudi, la plupart des connaissances de
madame Lacour revinrent chez elle ; il y eut bien
quelques petites explications, mais les gens qui
aimaient la paix les interrompirent et les firent
cesser le plus tôt qu'il leur fut possible. Tout rentra bientôt dans l'ordre accoutumé. Mesdemoiselles de Schwamberg parties, Léontine voulut
ravoir Aglaé, mais celle-ci lui fit dire qu'elle ne
pouvait sortir, et avec le consentement de sa
grand'mère, elle l'engagea à venir à leur assemblée. Léontine, pour charmer son désœuvrement,
y vint deux fois, et elle ne s'y plut pas. Au milieu
d'une société si absolument étrangère à ses manières habituelles, elle ne savait quel air elle devait prendre et se trouvait continuellement hors
de propos. Quinze jours plus tôt, Aglaé aurait
fait faire silence pour qu'on l'écoutât ; mais
maintenant elle savait que ce n'était pas d'elle
qu'il lui était important d'obtenir le suffrage.
Léontine, mécontente, cessa de la rechercher, et
finit par s'ennuyer tellement, qu'elle obtint de

son père d'aller passer le reste de l'été chez une de ses tantes. Les compagnes d'Aglaé conservè- rent encore quelque temps un peu d'humeur con- tre elle; mais soutenue par l'amitié d'Hortense et de Gustave, elle s'attacha à eux de plus en plus, et finit par ne pas concevoir comment elle avait pu préférer un instant, au bonheur qu'elle trou- vait dans leur société, la gêne et la contrainte auxquelles elle se soumettait auprès de Léontine.

HÉLÈNE

ou

LE BUT MANQUÉ.

— Prends garde, Hélène, disait madame d'Aubi- gny à sa fille, quand tu vas d'un côté tu regardes de l'autre : c'est le moyen de n'arriver droit nulle part.

Et cela était exactement vrai. Hélène, dans la rue, à la promenade, en courant même dans les champs, songeait beaucoup moins à regarder devant elle ou à ses pieds qu'à examiner de côté ou d'autres les personnes dont elle pouvait être remarquée, et à redoubler de grâces et de mines lorsqu'elle voyait qu'on la regardait. Souvent aux Tuileries, tout occupée de tourner la tête sur ses épaules d'une manière gracieuse, de baisser les yeux si cela lui paraisait convenable, ou de regarder les feuilles d'un air de distraction, selon que ces différentes manières lui paraissaient plus propres à la faire remarquer avec avantage, il lui arrivait d'aller donner du nez contre un arbre, ou contre une personne qui venait devant elle. Plusieurs fois, voulant sauter lestement un ruisseau pour montrer sa légèreté, au lieu de le passer d'une manière sûre, elle était tombée au milieu et s'était couverte de boue. Enfin, Hélène ne faisait rien simplement comme une autre et pour que la chose fût faite; elle ne marchait, ni ne mangeait, ni ne buvait pour marcher, manger et boire, mais pour qu'on vît la grâce qu'elle mettait à ses actions; et il est très-certain que si on avait pu la voir dormir, elle aurait trouvé moyen d'arranger son sommeil.

Elle ne savait pas à quel point cet arrangement nuisait à l'effet qu'elle voulait produire. Il aurait été pourtant bien facile de comprendre que lorsqu'en faisant une chose elle pensait à une autre, il était impossible de bien faire, et par conséquent d'être remarquée avantageusement. Si, voyant entrer dans la chambre quelqu'un à qui elle voulait paraître aimable, elle se mettait à causer d'une manière plus animée avec la personne qui se trouvait à côté d'elle, si elle donnait plus de vivacité à ses gestes, plus d'éclat à sa gaieté, comme cependant elle ne s'amusait pas véritablement, mais qu'elle pensait seulement à avoir l'air de s'amuser, son rire n'était pas celui d'une personne qui rit de bon cœur, ses gestes n'avaient rien de naturel, et sa gaieté paraissait si forcée, que personne ne pouvait imaginer qu'elle fût véritablement gaie lorsqu'aucune prétention ne venait l'occuper. A la voir donner à un pauvre, on n'aurait jamais imaginé non plus qu'elle fût bonne. Cependant Hélène donnait aussi quand personne ne la voyait, et donnait de bon cœur; mais s'il y avait là quelqu'un pour la remarquer, ce n'était plus au pauvre qu'elle songeait, mais au plaisir d'être vue faisant l'aumône. Sa pitié prenait alors un air d'exagération et d'empressement qui faisait bien voir qu'elle avait pour but de la montrer. Elle donnait à ses yeux l'expression de la sensibilité; mais au lieu de les arrêter sur le pauvre, elle les tournait sur les personnes présentes, en sorte qu'on aurait dit que c'étaient elles, et non le pauvre, qui causaient son attendrissement.

Madame d'Aubigny avait continuellement repris sa fille de cette disposition qu'elle voyait en elle depuis son enfance, et l'avait ainsi corrigée de ses affectations les plus ridicules et les plus grossières. Hélène, en grandissant, devenait aussi un peu plus habile à discerner celles qui pourraient paraître trop choquantes; mais comme aussi ses prétentions augmentaient, elle ne faisait que s'étudier un peu plus à les cacher, sans pouvoir se persuader que tant qu'elle les aurait il faudrait bien qu'elles parussent.

— Mon enfant, lui disait quelquefois sa mère, il n'y a qu'un moyen d'être louée, c'est de bien faire; et comme il n'y a rien de louable dans une action que tu fais pour obtenir des éloges, il est impossible qu'on t'en loue; ainsi, sois bien sûre que de prendre les éloges et la réputation pour son but est la manière de n'en obtenir jamais. Hélène sentait bien un peu la vérité de ce que lui disait madame d'Aubigny, elle se promettait de cacher mieux son amour-propre, mais il revenait la saisir à la première occasion; et d'ailleurs, quelle est la jeune fille qui croit tout-à-fait sa mère?

Dans la même maison que madame d'Aubigny logeait une de ses parentes, madame de Villemontier, qu'elle voyait habituellement, et dont la fille, Cécile, était l'amie d'Hélène. Cécile était tellement pleine de bonté et de simplicité, qu'elle ne s'apercevait même pas [de l'affectation d'Hélène, et se disputait continuellement à ce sujet avec le vieil abbé Rivière, ancien précepteur de M. de Villemontier, le père de Cécile, et qui, après avoir élevé le fils et avoir habité avec lui le collége où il avait achevé ses études, était revenu s'établir dans la maison, où on le respectait comme un père, et où il s'occupait de l'éducation de Cécile, qu'il aimait comme son enfant. Ils ne se querellaient jamais qu'à propos d'Hélène, dont l'abbé Rivière trouvait l'affectation si ridicule, qu'il ne pouvait cesser de s'en moquer. Accoutumé à dire tout ce qu'il pensait, il ne s'en gênait pas devant elle, et en avait d'autant plus d'occasion, que comme Hélène en avait toujours entendu parler avec une grande considération chez madame de Villemontier, qu'elle avait vu le plaisir qu'avait causé son retour et la déférence avec laquelle on le traitait, elle avait senti un grand désir de gagner son estime. Ce désir était encore augmenté par les éloges continuels qu'il faisait de Cécile. Ce n'était pas qu'elle en fût jalouse; malgré son amour-propre, elle n'était pas capable d'un sentiment bas; elle pensait seulement qu'elle méritait les mêmes éloges que Cécile, et elle les aurait mérités en effet si elle ne les avait pas cherchés. Mais son attention à se faire remarquer de l'abbé Rivière gâtait tous les moyens qu'elle aurait eus de s'en faire estimer; aussi la tourmentait-il par des plaisanteries un peu malignes qui ne lui donnaient que plus d'envie de parvenir à obtenir ses éloges, et la faisaient redoubler d'efforts toujours gauches et mal dirigés. L'abbé était un homme très-instruit : Hélène n'aurait pas été assez sotte pour aller étaler devant lui le peu de science que peut posséder une jeune fille; mais elle ne laissait pas passer un jour sans trouver quelque occasion détournée de rappeler son goût pour l'étude. On parlait de la promenade : elle disait qu'elle ne l'aimait guère qu'avec un livre; un de ses grands chagrins était que sa mère ne lui permît pas de lire avant de se coucher; et puis elle racontait qu'elle s'était oubliée le matin à son travail, si bien qu'elle y avait passé trois heures sans s'en apercevoir. L'abbé n'avait pas l'air de l'entendre; c'était là une de ses malices; alors elle appuyait, retournait sa phrase.

7

— Oui, disait-elle, comme se parlant à elle-même, je m'y suis mise à une heure moins un quart; il était quatre heures quand j'ai regardé pour la première fois à la pendule, cela fait plus de trois heures de passées sans que je m'en aperçusse.

— Il n'y a rien eu de perdu, répondait l'abbé, car vous les avez bien remarquées ensuite.

Hélène alors se taisait, mais elle n'en recommençait pas moins le lendemain.

Ce que l'abbé louait surtout dans Cécile, c'étaient ses soins pour sa mère, qui était d'une santé fort délicate. Il arriva qu'un soir madame d'Aubigny se trouva mal. Hélène, qui portait ordinairement tous les soirs son ouvrage chez madame de Villemontier, n'y descendit ce jour-là qu'un moment, quand l'accident fut passé, pour en rendre compte et avoir le plaisir de parler de l'inquiétude qu'il lui avait donnée. Elle commença par s'étendre tellement sur la frayeur qu'elle avait éprouvée lorsqu'elle avait vu sa mère pâle et presque sans connaissance, que l'abbé ne put s'empêcher de dire :

— Je vois bien tout ce que mademoiselle Hélène a souffert de l'accident de madame sa mère; mais je voudrais bien savoir ce qu'a souffert madame d'Aubigny.

Le lendemain, madame d'Aubigny, quoiqu'un peu malade encore, voulut absolument que sa fille allât passer, comme à l'ordinaire, la soirée chez madame de Villemontier. Elle y vint d'un air languissant, fatigué, disant qu'elle avait envie de dormir, pour qu'on devinât qu'elle avait passé une mauvaise nuit. Comme on ne lui faisait pas les questions auxquelles elle voulait répondre, elle parla du beau temps qu'il faisait à cinq heures du matin, dit que sa mère avait été agitée jusqu'à deux, mais qu'à trois elle dormait bien paisiblement; d'où il était clair qu'Hélène s'était levée à ces différentes heures pour voir comment était sa mère. Plusieurs fois elle demanda l'heure qu'il était, disant que quoique sa mère lui eût permis de rester jusqu'à dix heures, elle voulait absolument l'aller retrouver à neuf. Elle demanda l'heure à huit heures et demie, elle la demanda à neuf heures moins un quart. Pendant ce temps-là Cécile avait deux ou trois fois levé les yeux sur la pendule sans que personne s'en aperçût. A neuf heures moins une minute elle alla sonner; sa mère lui demanda pourquoi.

— Vous savez bien, maman, dit Cécile, que

c'est l'heure à laquelle vous devez prendre votre bouillon.

Alors Hélène se leva avec un grand cri, serra son ouvrage avec une grande précipitation, dans la crainte de manquer l'heure.

— Voilà, dit quelqu'un, deux jeunes personnes bien ponctuelles et bien soigneuses.

— Oui, reprit l'abbé entre ses dents et en regardant Hélène avec un souris malin, mademoiselle Cécile soigne à merveille sa mère, et mademoiselle Hélène sa réputation.

Hélène rougit et se hâta de s'en aller, dans la crainte de quelque nouveau sarcasme; mais madame de Villemontier ayant prié l'abbé d'accompagner Hélène pour revenir lui dire ensuite des nouvelles de madame d'Aubigny, il prit le bougeoir et la suivit; elle marchait si vite qu'il ne pouvait la joindre.

— Attendez-moi donc, lui dit-il en arrivant près d'elle tout essoufflé, vous allez vous casser le cou.

— Je suis si pressée de savoir comment se trouve maman!

— Que vous êtes heureuse, dit l'abb en prenant son bras, de pouvoir, au milieu de otre inquiétude, penser à tant d'autres choses ! Pour

moi, si quelqu'un que j'aimasse beaucoup était
malade, je serais si occupé de sa maladie, qu'il
me serait bien impossible de remarquer ce
que je fais pour lui, encore moins de penser à
le faire remarquer aux autres; mais les femmes
ont la tête si forte !

— Mon Dieu, monsieur l'abbé, dit Hélène, que
cette remarque embarrassait, vous ne pouvez
donc passer un moment sans me tourmenter?

— C'est-à-dire sans vous admirer. On admire
les autres sur l'ensemble de leur vie et de leurs
actions; on les aime, on les estime, parce qu'elles
se sont bien conduites longtemps de suite et en
diverses occasions; mais pour mademoiselle Hélène, c'est à chaque occasion qu'il faut l'admirer;
chacune de ses actions, de ses pensées, chacun
de ses mouvements exige un éloge.

Et le malin abbé, les yeux fixés sur Hélène et
le bougeoir placé comme s'il voulait lui bien montrer sa figure moqueuse, appuyait sur chaque
marche et sur chaque mot, et ne finissait ni de
parler ni d'arriver. Ils arrivèrent enfin, et Hélène
s'échappa de son bras, bien contente d'en être
quitte. Les plaisanteries de l'abbé la désolaient;
cependant elle y voyait un fonds de bonne amitié qui l'empêchait de lui en savoir mauvais gré.

Lui, de son côté, touché de la douceur avec laquelle elle les prenait et du désir qu'elle montrait d'obtenir son estime, aurait bien voulu la corriger, d'autant qu'il voyait que malgré son affectation elle était réellement bonne et sensible.

Madame d'Aubigny avait un vieux domestique assez brutal, quoiqu'il lût toute la journée des livres de morale et de dévotion; elle lui avait permis de prendre avec lui un petit neveu à qui il prétendait donner une belle éducation. Tous les talents de cet homme pour enseigner se bornaient à battre le petit François quand il ne savait pas sa leçon d'histoire ou de catéchisme, et François, à qui cette méthode ne donnait pas le goût du travail, n'en savait jamais un mot et était battu tous les jours. Un matin Hélène le vit descendre l'escalier en pleurant tout haut; il venait de recevoir sa correction ordinaire, et il en devait recevoir deux fois autant s'il ne savait pas sa leçon au retour de son oncle, qui était allé faire une commission. Hélène lui conseilla de se dépêcher de l'apprendre; le petit garçon prétendit qu'il ne le pouvait pas.

— Viens, dit Hélène, nous l'apprendrons ensemble; et elle l'emmena dans l'appartement, où elle se mit à le faire étudier et répéter avec tant d'application, que l'abbé Rivière, qui venait pour voir madame d'Aubigny, entra sans qu'elle l'entendît.

— Dépêche-toi donc, disait-elle à François, pour qu'on ne sache pas que c'est moi qui t'ai fait répéter.

— Ah ! je vous y prends donc enfin, dit l'abbé, à faire quelque chose de bien pour vous toute seule !

Hélène rougit de plaisir ; c'était la première fois qu'elle s'entendait louer sincèrement par lui. Mais au même instant l'amour-propre prit la place du bon sentiment qui l'avait animée ; ses manières cessèrent d'être naturelles ; et quoiqu'elle continuât absolument la même action, il était facile de voir qu'elle ne la faisait plus par le même principe.

—Allons, allons, je m'en vais, dit l'abbe ; redevenez bonne tout simplement, personne n'y regarde plus.

Le soir, chez madame de Villemontier, Hélène trouva moyen de venir à parler de François ; l'abbé secoua la tête ; il voyait bien ce qui allait suivre ; et Hélène, qui ne le perdait pas de vue, le comprit et s'arrêta ; mais le caractère l'emportant, une demi-heure après elle revint au même sujet par une voie détournée. L'abbé se trouvait près d'elle.

— Tenez, lui dit-il tout bas en lui poussant le coude, je vois bien que vous voulez que je le raconte; en effet, cela vaudra mieux; et le voilà qui commence :

— Ce matin, François... et cela d'un ton si emphatique et si plaisant, qu'Hélène fait tous ses efforts pour l'engager à se taire

— Laissez-moi faire, lui disait-il tout bas; et lorsqu'il y aura quelque chose que vous voudrez qu'on sache ou qu'on remarque, avertissez-moi seulement par un signe. Hélène décontenancée faisait semblant de ne pas entendre, et cependant ne pouvait s'empêcher de rire. On juge bien que de la soirée elle n'eut pas envie de reparler de François; et dès ce moment l'abbé prit, comme il le lui avait annoncé, le rôle de compère; dès qu'elle ouvrait la bouche pour insinuer quelque chose à son avantage, aussitôt prenant la parole, il entamait un pompeux éloge. Si dans ses mouvements elle laisait apercevoir l'intention de se faire remarquer :

— Regardez donc, disait-il, quelle grâce mademoiselle Hélène met à tout ce qu'elle fait. Lorsqu'elle éclatait d'un rire bruyant et forcé :

— Je vous prie de remarquer, disait-il à tout le monde, combien mademoiselle Hélène est gaie aujourd'hui; ensuite il s'approchait d'elle et lui demandait tout bas :

— Est-ce que je ne m'acquitte pas bien de mes fonctions ? Ce sera mieux une autre fois, ajoutait-il; mais vous ne m'avertissez pas, je ne puis parler que de ce que j'aperçois ; et rien ne lui échappait; mais en même temps il mêlait à tout cela quelque chose de si comique, et cependant de si bon, qu'Hélène à la fois fâchée, embarrassée et obligée de rire, se corrigeait insensiblement, et par la crainte que lui inspiraient les remarques de l'abbé, et parce qu'il lui présentait ses manières affectées sous un jour si ridicule, qu'elle-même ne pouvait s'empêcher de le sentir.

Elle est enfin parvenue à s'en défaire entièrement, à chercher pour son amour-propre des plaisirs plus solides et plus raisonnables que celui d'occuper d'elle à tous les instants du jour et de faire remarquer ses actions les plus insignifiantes. Elle convient qu'elle le doit à l'abbé Rivière, et dit que si toutes les jeunes personnes disposées à la minauderie et à l'affectation avaient de même, à côté d'elles, un abbé Rivière pour leur apprendre à chaque mine l'effet qu'elle produit sur ceux qui en sont témoins, elles ne prendraient pas longtemps la peine de se rendre si ridicules.

ARMAND

OU

LE PETIT GARÇON INDÉPENDANT.

Monsieur de Saint-Marsin, entrant un jour dans la chambre de son fils Armand, le trouva dans un violent accès de colère, et l'entendit qui disait à son précepteur, l'abbé Durand :

— Eh bien ! oui, je vous obéirai : il faut bien que je vous obéisse, puisque vous êtes le plus fort ; mais je vous avertis que je ne reconnais pas que vous ayez le droit de me forcer, et que je vous détesterai comme un homme injuste et comme un tyran.

Après ce discours, Armand, en se retournant avec un vif mouvement de dépit, aperçut son père arrêté à la porte, qu'il avait trouvée ouverte.

et le regardant d'un air calme et attentif. Armand
pâlit et rougit; il craignait et respectait extrêmement son père, qui, bien que très-bon, avait
dans la figure et dans les manières quelque chose
de fort imposant, en sorte qu'Armand n'avait jamais osé lui résister en face, ni se mettre en colère devant lui : consterné, les yeux baissés, il
attendait ce qu'allait dire M. de Saint-Marsin,
quand celui-ci s'étant approché, s'assit auprès de
la table sur laquelle écrivait Armand, et qui faisait le sujet de la querelle, parce que l'abbé Durand avait voulu l'obliger à l'éloigner de la fenêtre, qui lui donnait des distractions.

— Armand, dit M. de Saint-Marsin d'un ton
sérieux, mais tranquille, vous pensez donc qu'on
n'a pas le droit de vous faire obéir?

— Papa, dit Armand confus, ce n'est pas à
vous que je disais cela.

— C'est précisément à moi, puisque le pouvoir
qu'a M. l'abbé il le tient de moi, que ses droits
sont fondés sur les miens, que je lui ai transmis.
Ne le savez-vous pas?

Armand le savait bien; mais il ne pouvait se
résoudre à obéir à l'abbé Durand comme à son
père, ou plutôt l'obéissance lui était toujours
extrêmement désagréable, et la crainte seule

l'empêchait de manifester ses sentiments à M. de Saint-Marsin; car Armand, qui, parce qu'il avait treize ans et quelqu'intelligence, se croyait un très-grand personnage, était habituellement blessé qu'on ne lui laissât pas faire sa volonté, et s'indignait contre les choses qu'on lui commandait, non pas qu'il les trouvât déraisonnables, mais parce qu'on les lui commandait; et il avait quelquefois laissé entendre à l'abbé Durand que si les parents commandaient à leurs enfants, c'était uniquement parce qu'ils étaient les plus forts, et sans aucun droit légitime. M. de Saint-Marsin, qui savait cela, était bien aise de trouver une occasion de s'expliquer avec lui.

— Dites-moi, reprit-il, en quoi je fais une injustice en vous obligeant à m'obéir? je suis prêt à la réparer. Armand était embarrassé; mais son père l'ayant encouragé à répondre :

— Je ne dis pas, mon papa, reprit-il, que vous me fassiez une injustice, seulement je ne comprends pas trop comment il peut être juste que les parents fassent faire leur volonté aux enfants; car enfin les enfants ont leur volonté aussi, et ils ont autant que les parents le droit de la faire.

— Apparemment que les enfants n'étant pas

raisonnables, ont besoin que leurs parents le soient pour eux et les obligent à l'être.

— Mais, dit Armand en hésitant, s'ils ne veulent pas être raisonnables, il me semble que c'est eux que cela regarde, et je ne comprends pas comment on peut avoir le droit de les obliger à l'être.

— Vous trouvez donc, Armand, que si un enfant de deux ans avait la fantaisie de mettre sa main dans le feu, ou de monter sur une fenêtre, au risque de tomber en bas, on n'aurait pas le droit de l'en empêcher?

— Oh ! papa, quelle différence!

— Je n'en vois aucune : les droits d'un enfant de deux ans me paraissent tout aussi sacrés que ceux d'un enfant de treize; ou si vous admettez que l'âge fasse quelque différence, alors vous conviendrez bien qu'un enfant de treize ans doit en avoir moins qu'un homme de vingt.

Armand secoua la tête, et n'était pas convaincu : son père l'ayant engagé à dire ce qu'il pensait :

— Il faut croire, répondit-il, qu'il y a à dire contre cela quelque bonne raison que je ne trouve pas; mais quand il serait avantageux pour les enfants qu'on les forçât d'obéir, je ne comprends

pas qu'on puisse avoir le droit de faire du bien à
quelqu'un quand il ne le veut pas.

— Eh bien! Armand, vous ne voulez donc pas
que je vous oblige à être raisonnable en m'obéis-
sant?

—Oh! papa, je ne dis pas cela; mais...

— Mais, moi, je le comprends fort bien; et
comme je ne veux pas que vous puissiez me croire
injuste, je vous promets de ne plus vous obliger
à m'obéir, que vous ne m'ayez dit que vous le
désirez.

— Que je désire que vous m'obligiez à vous
obéir, papa! dit Armand, moitié riant et moitié
boudeur, comme s'il eût cru que son père se moquait de lui, vous savez bien qu'il est impossible
que je désire jamais cela.

— C'est ce que nous verrons, mon fils; j'en
veux avoir le plaisir; et dès ce moment je me dé-
mets de mon autorité jusqu'au moment où vous
me demanderez de la reprendre. Il faut vous résoudre à en faire autant, mon cher abbé, dit M. de
Saint-Marsin à l'abbé Durand, vos droits cessent
en même temps que les miens.

L'abbé, qui comprenait les intentions de M. de
Saint-Marsin, lui promit, en souriant, de s'y conformer; pour celui-ci, il conservait toujours son

air grave, et Armand promenait ses yeux de l'un à l'autre d'un air incertain, comme pour voir si la chose était sérieuse.

— Je ne sais, reprit M. de Saint-Marsin, quel était l'acte d'obéissance qui déplaisait si fort à Armand ; mais d'après nos nouvelles conventions, il doit en être dispensé.

— Cela va sans dire, reprit l'abbé.

— Allons, mon fils, dit en se levant M. de Saint-Marsin, usez sans vous gêner de votre liberté, et songez bien à n'y renoncer que quand vous serez sûr de n'en vouloir plus ; car je vous préviens qu'alors, à mon tour, j'userai de mon autorité sans scrupule.

Armand le regardait partir d'un air stupéfait, et ne pouvait croire ce qu'il lui disait. Pour premier essai de sa liberté, il remit auprès de la fenêtre la table qu'il avait commencé à en ôter ; et l'abbé Durand, qui s'était remis à lire, le laissa faire sans avoir l'air d'y prendre garde. Seulement, lorsqu'Armand alla s'y asseoir pour faire son thème :

— Je ne sais pas, lui dit l'abbé, pourquoi vous prenez la peine de vous établir si bien, car je suppose qu'à présent que vous êtes maître de vos actions, nous no prendrons plus beaucoup de leçons.

— Je ne sais pas, M. l'abbé, reprit Armand d'un air très-piqué, où vous avez pu imaginer cela : je ne suis apparemment pas assez enfant pour qu'il soit nécessaire de me conduire à la lisière, et vous pouvez être sûr que pour faire les choses que je sais être raisonnables, je n'aurai nullement besoin d'être contraint.

— A la bonne heure, dit l'abbé, qui se remit à sa lecture ; et Armand, pour prouver son dire, ne regarda pas une seule fois du côté de la fenêtre, et fit son thème deux fois plus vite et deux fois mieux qu'à l'ordinaire. L'abbé Durand lui en fit compliment, et lui dit :

— Je souhaite que la liberté vous réussisse toujours aussi bien.

Armand était enchanté ; cependant son plaisir diminua un peu le soir, parce que, lorsqu'il demanda à l'abbé Durand s'ils iraient se promener :

— Non, en vérité, dit l'abbé, il n'a qu'à vous prendre envie de marcher plus vite que moi, de courir, d'enfiler une autre rue que celle par où je voudrais passer, je ne puis vous en empêcher, et je suis trop vieux pour courir après vous. Je ne

peux pas me charger de conduire dans la rue un
étourdi sur lequel je n'ai aucune autorité. Armand se fâcha d'abord, et dit que cela n'avait
pas de raison; puis il dit à l'abbé :

— Eh bien! je vous promets de ne pas marcher
plus vite que vous et d'aller où vous irez.

— Cela est fort bien, reprit l'abbé; mais il peut
vous prendre quelque fantaisie à laquelle il faudrait que je m'opposasse, et comme je n'en aurais
aucun moyen, vous pourriez m'attirer une mauvaise affaire.

— Je veux bien, dit Armand, m'engager à vous
obéir le temps de la promenade.

— A la bonne heure, je vais dire à M. de Saint-
Marsin que vous renoncez à la convention, et que
vous rentrez sous l'autorité.

— Non pas, non pas, ce n'est que pour le temps
de la promenade.

— Ainsi, reprit l'abbé, vous voulez non-seulement faire votre volonté, mais me la faire faire à
moi; vous voulez que je reprenne l'autorité quand
cela vous est commode, et que j'y renonce quand
vous n'en voulez plus. Je vous dirai à mon tour:
Non pas, non pas. Si je consens à reprendre l'autorité, ce sera pour la garder: ainsi, mon cher
Armand, il faut vous décider ou à renoncer à la

convention, ou à vous passer désormais de promenade.

— Papa veut que je me promène, reprit Armand d'un ton assez sec.

— Oui; mais il n'exige pas que je me promène pour vous quand je ne puis vous être bon à rien : il n'avait de droit sur mes actions que par celui qu'il me donnait sur les vôtres; quand il me confiait une partie de son autorité, il était bien simple qu'il réglât la manière dont il voulait que j'en usasse; à présent qu'il ne me confie plus rien, de quoi aurais-je à lui rendre compte?

—Au fait, dit Armand, je ne sais pas ce qui m'empêcherait de sortir seul.

— Personne au monde ne s'y opposera, vous êtes libre comme l'air.

— La preuve que non, reprit étourdiment Armand, la preuve que ce sont là des contes, c'est qu'on me laisse encore avec vous, M. l'abbé.

—Point du tout, dit tranquillement l'abbé; monsieur votre père désire que je vous donne des leçons tant que vous en voudrez prendre; mais cela ne vous oblige à rien : il désire aussi que tant que je resterai chez lui, je partage la chambre qu'il vous donne : il en est bien le maître, et moi, je suis bien le maître de faire ce qu'il désire; mais, d'ailleurs, vous pouvez y faire tout ce qu'il vous plaira, pourvu que vous ne m'importuniez pas; car alors j'userais du droit du plus fort pour vous en empêcher. Après cela, sortez-en, rentrez-y, cela m'est égal : je vous verrai faire les choses que je vous ai défendues autrefois, sans m'en soucier le moins du monde ; et si vous voulez que nous convenions aussi de ne nous parler ni nous regarder, je ne demande pas mieux, cela me sera infiniment commode.

— Mon Dieu! M. l'abbé, comme vous poussez les choses!...

— Je ne les pousse pas, elles vont ainsi tout naturellement. Quel intérêt voulez-vous que je prenne à votre conduite, quand je n'en réponds plus?

— Je vous croyais plus d'amitié pour moi.

— J'en ai ce que j'en puis avoir. M'êtes-vous de quelqu'utilité? puis-je causer avec vous, comme avec un de mes amis, des livres que je lis et que vous ne comprendriez pas? puis-je vous parler des idées qui m'intéressent, à vous qu'un livre de morale endort, et qui n'aimez de l'histoire que les batailles? pouvez-vous me rendre quelque service? puis-je compter sur vous dans quelques occasions où j'aurais besoin d'un bon conseil ou d'un secours utile?

-- Ainsi je vois qu'on n'aime les gens que quand ils nous sont utiles; voilà une belle morale et une belle amitié!

— Je vous demande pardon, on les aime aussi parce qu'on peut leur être utile; on s'attache à eux quand ils ont besoin de vous, et c'est comme cela qu'on s'attache aux enfants : on s'intéresse à ce qu'ils font, par l'espérance qu'on a de leur apprendre à bien faire ; on les aime malgré leurs défauts, à cause du pouvoir qu'on·croit avoir de corriger ces défauts ; mais du moment où vous m'ôtez toute influence sur votre conduite, où je ne vous suis plus bon à rien, quel intérêt ai-je à m'occuper de vous ?

— Mais enfin, nous avons passé plusieurs années ensemble, vous m'avez vu tous les jours.

— Si on s'attachait à un enfant pour le voir tous les jours, pourquoi ne me serais-je pas attaché également à Henri, le fils du portier, qui nous sert? Je le vois depuis aussi longtemps, il n'a jamais refusé de faire ce que je lui disais, il ne m'a donné aucune peine ; je le vois toujours de bonne humeur, il me rend mille services, et m'est utile beaucoup plus que vous ne pouvez l'être.

— Il serait pourtant singulier que vous aimassiez Henri plus que moi.

— Si jusqu'à présent je vous ai aimé plus que lui, cela vient apparemment de ce que, comme j'étais chargé de vous, la soumission que vous étiez obligé d'avoir envers moi vous donnait un désir de me satisfaire qui vous méritait mon amitié; de ce que vos intérêts m'étant confiés, j'agissais pour vous comme pour moi, et avec plus d'affection encore que pour moi. Maintenant vous vous êtes chargé de penser pour vous, je n'ai plus à penser qu'à moi.

Armand n'avait rien à répondre : il se disait bien que le moyen de forcer les personnes dont il dépendait à avoir tout autant d'affection pour lui que lorsqu'il leur était soumis, c'était de se conduire aussi parfaitement que s'il était obligé de faire leur volonté, et il se promit bien de prendre ce moyen; mais Armand n'avait encore ni assez de raison ni assez de constance dans le caractère pour tenir à de pareilles résolutions, et c'est précisément ce qui faisait qu'il avait besoin d'être conduit et contenu par la volonté des autres; à lui tout seul il n'était pas encore capable de mériter leur affection.

Beaucoup d'enfants s'étonneront sans doute de

ce qu'Armand ne profitait pas de sa liberté pour abandonner toutes ses études, courir seul et faire mille sottises; mais Armand avait été bien élevé, son caractère était bon, malgré les caprices qui lui passaient quelquefois par la tête; et à treize ans, quoiqu'on n'ait pas encore la force de faire toujours ce qui est bien, on commence du moins à le savoir, et à avoir le désir d'être regardé comme raisonnable : d'ailleurs, malgré ces beaux raisonnements contre l'obéissance, il en avait l'habitude, et aurait été fort embarrassé de faire ouvertement une chose que lui avait défendue son père ou son précepteur, de manière qu'elle pût parvenir à leur connaissance. Il pensa cependant, le lendemain matin, que sa liberté pouvait bien s'étendre à envoyer acheter pour son déjeuner une tranche de jambon, chose qu'il aimait beaucoup et qu'on ne lui permettait pas souvent. Il voulait y envoyer Henri; mais Henri, qui dans ce moment avait quelqu'autre chose à faire, dit qu'il ne pouvait pas y aller. Il était en général assez insolent avec Armand, qui se mettait souvent fort en colère contre lui de ce qu'il ne lui obéissait pas comme à M. de Saint-Marsin ou à l'abbé Durand. Dans ce moment, tout gonflé de la nouvelle importance qu'il croyait avoir ac-

quise, Armand prit un ton beaucoup plus impérieux; il se fâcha beaucoup plus haut qu'à l'ordinaire, et Henri s'en moqua davantage; il prétendit même faire des leçons à Armand, en lui disant
que M. de Saint-Marsin ne voulait pas qu'il envoyât chercher des choses à manger hors de la
maison, et lui rappelant qu'il avait été grondé
une fois que cela lui était arrivé.

— Qu'est-ce que cela vous fait, dit Armand
encore plus en colère; ne suis-je pas le maître de
vous envoyer où il me plaît?

— Non, mon fils, dit M. de Saint-Marsin, qui
passait en ce moment; Henri n'est point à vos
ordres, il est aux miens.

— Mais, mon papa, ne voulez-vous pas qu'il
me serve?

— Assurément, mon fils, il a mes ordres pour
cela, et j'espère bien qu'il n'y manquera pas;
mais il vous servira d'après les ordres que je lui
donnerai, et non pas d'après ceux qu'il recevra
de vous.

— Cependant, mon papa, il faut bien que je
lui demande ce dont j'aurai besoin.

— Vous n'avez qu'à me le dire à moi; et ce que
je lui dirai de faire pour vous, il le fera.

— Il me semble, mon papa, que vous m'aviez

souvent permis de lui donner mes commissions moi-même?

— C'était dans un temps où j'avais des choses à vous permettre, parce que j'en avais à vous défendre. Je pouvais alors sans risque vous laisser quelqu'autorité chez moi, parce que, comme vous ne pouviez faire que ce que je voulais, votre autorité était subordonnée à la mienne. Je ne craignais pas que vous donnassiez à mes gens des ordres contraires à ma volonté, puisque j'avais le droit de vous défendre ce qui ne me plaisait pas; mais à présent que vous êtes le maître de faire tout ce qui vous convient, si je vous donnais le droit de commander à mes gens, il pourrait vous convenir de les envoyer courir aux quatre coins de Paris pendant que j'en aurais besoin ici, et je n'aurais aucun moyen de vous en empêcher. Vous leur diriez d'aller à droite, tandis que je leur dirais d'aller à gauche; il y aurait deux maîtres dans la maison, et cela ne se peut pas. Mettez-vous dans la tête, mon fils, que vous ne pouvez avoir d'autorité sur personne, sans que je vous la donne, et que je ne puis vous en donner que lorsque j'en ai sur vous pour vous obliger à en faire un usage raisonnable. Puis, se tournant vers le petit garçon, qui, tout en fai-

sant semblant d'être bien occupé à nettoyer les
souliers d'Armand, se divertissait beaucoup d'entendre tout cela :

— Entendez-vous, Henri, vous ferez bien exactement, pour le service d'Armand, tout ce que je
vous dirai, mais jamais ce qu'il vous dira.

— Il vaut bien la peine d'être libre ! dit Armand avec dépit.

— Mon fils, reprit M. de Saint-Marsin, je ne
vous empêche de rien, pas même de donner des
ordres à Henri, si cela vous fait plaisir : seulement vous voudrez bien me laisser le maître à
mon tour de lui défendre de les exécuter.

Il s'en alla en disant ces mots; et quand il fut
un peu loin, Henri se mit à rire en disant :

— C'est bien joli de commander à ses gens
quand on en a.

Armand était outré : il voulut donner un coup
de pied à Henri, qui s'esquiva en disant :

— On ne m'a pas donné ordre de me laisser
battre, ainsi prenez garde! Et il prenait une
botte avec laquelle il se préparait à se défendre.
Armand, qui ne voulait pas se compromettre avec
lui, s'éloigna en lui disant qu'il était un insolent,
et qu'il le lui payerait quelque jour; mais Henri
n'en fit que rire et lui cria :

— Oui, oui, je vous le payerai quand vous me payerez le jambon que j'ai été vous chercher ce matin.

Ce souvenir redoubla l'humeur d'Armand; il eut quelque envie de l'aller chercher lui-même; mais outre qu'Armand n'était pas encore accoutumé à l'idée de sortir seul, il était fier, et ne pouvait se résoudre à entrer chez le charcutier, qui d'ailleurs le connaissait pour l'avoir vu souvent passer avec l'abbé Durand, et à qui il aurait été fort embarrassé de dire pourquoi il venait lui-même et tout seul. Pour pouvoir profiter de sa liberté, il aurait fallu qu'Armand sût mieux se tirer d'affaire, et se vaincre sur mille petites choses, qu'il n'était capable de le faire. Il commençait à trouver qu'on lui faisait payer bien cher cette liberté, dont il ne savait guère comment tirer quelque profit. Cependant il n'avait rien à dire, on ne contraignait aucune de ses actions, et il ne pouvait s'empêcher de convenir que l'abbé Durand ne fût bien le maître de ne le pas mener à la promenade, et son père de défendre à ses gens de lui obéir : il sentait bien que les complaisances qu'ils avaient pour lui ne pouvaient être le fruit que de leur soumission pour eux; seulement il se persuadait qu'en se conduisant

ainsi, son père et son précepteur abusaient du
besoin qu'il avait d'eux ; il ne songeait pas que
quand on a besoin des gens, il faut se résoudre
à en dépendre.

Comme il était de mauvaise humeur ce jour-
là, il prit mal ses leçons, les interrompit et ne les
acheva pas. La manière dont il les avait prises le
matin, le dégoûta d'en prendre le soir. Il passa
toute l'après-midi à jouer au volant dans la cour
avec Henri, qu'il fut fort aise de retrouver; mais
quand il vit entrer son père, il se cacha. Tout le
reste de la journée, il craignit de le rencontrer,
de peur qu'il ne lui demandât s'il avait travaillé;
le soir il rentra tout embarrassé dans sa chambre, osant à peine regarder l'abbé, qui cependant
ne lui dit rien, et fut avec lui comme à l'ordinaire.
Armand avait beau se dire qu'on n'avait plus le
droit de le gronder, qu'il était libre de faire ce
qu'il voulait, il était honteux de vouloir et de
faire des choses qui n'étaient pas raisonnables;
car l'homme le plus maître de ses actions n'est
pas plus libre de manquer à ses devoirs qu'un
enfant qu'on oblige à les remplir : mais toute la
différence, c'est qu'un homme a la raison et la
force de faire ce qu'il doit, et que c'est parce qu'un
enfant n'a pas encore cette force-là, qu'il faut

qu'il soit soutenu par la nécessité de l'obéissance. Rien ne serait plus malheureux qu'un enfant livré à lui-même : il ne saurait la moitié du temps ce qu'il veut; il commencerait cent choses et n'en achèverait aucune, et passerait sa vie sans savoir comment. Celui même qui se croit raisonnable et pense qu'à cause de cela on n'a pas besoin de lui rien commander, ne s'aperçoit pas que toute sa raison vient de ce qu'il fait sans répugnance et sans humeur tout ce qu'on lui commande, et que s'il n'avait personne pour le diriger, il ne saurait jamais se conduire lui-même. Armand sentait un peu tout cela, mais confusément; il n'y réfléchissait pas beaucoup, et trouvait seulement qu'il n'y avait pas grand plaisir à être libre.

Le lendemain, qui était un dimanche, deux de ses camarades vinrent le voir : c'étaient les fils d'un ancien ami de M. de Saint-Marsin, deux jeunes gens de quinze et seize ans, francs étourdis, qui amusaient souvent Armand en lui racontant des histoires de leur lycée, et les tours des écoliers, mais qui le choquaient aussi quelquefois par des manières grossières et peu convenables. Eux, de leur côté, se moquaient souvent d'Armand, qu'ils trouvaient trop rangé, trop propre, trop élégant. Comme leur père était peu ri-

che, il ne les avait pas mis au lycée, mais il les
y envoyait tous les jours; et comme ils y allaient
seuls, ils riaient beaucoup de ce qu'Armand ne
pouvait faire un pas sans son précepteur. Il fut
enchanté de pouvoir leur dire qu'il était libre de
faire tout ce qu'il voulait.

— C'est bon, dirent-ils, nous allons nous bien
divertir; nous irons à un endroit où nous avons
été dimanche dernier : on y joue à la balle avec
tous les gens du quartier, qui sont endimanchés;
ils crient, ils se battent, cela est tout-à-fait amusant. Jules a pensé se faire rosser, dit l'un, par un
des joueurs, dont il s'était moqué parce qu'il ne
renvoyait jamais la balle; et Hippolyte, dit l'autre, a eu le nez et les lèvres enflés trois jours
d'une balle qu'il avait reçue dans le visage; et
puis on boit de la bière. Quoiqu'on nous ait en-
voyés pour rester ici toute la matinée, nous
comptions bien y aller, tu viendras avec nous.

— Non, en vérité, dit Armand, je n'irai pas.
Cette partie lui semblait très-peu divertissante;
il ne se souciait ni de se mesurer avec un porte-
faix, ni d'attraper des coups de balle, ni de boire
de la bière au cabaret.

— Tu viendras, reprirent ses camarades; ah!
nous te dégourdirons, nous t'apprendrons à te
divertir.

— Je veux me divertir à ma manière, disait Armand; et il tâchait inutilement de retirer ses bras qu'ils avaient pris, chacun d'un côté, pour l'emmener malgré lui hors de la cour où ils se trouvaient alors. Armand criait et se débattait; et voyant son père à la fenêtre :

— Papa, lui dit-il, empêchez-les donc de m'emmener de force.

— Moi! mon fils, reprit M. de Saint-Marsin, pourquoi voulez-vous que j'empêche ces Messieurs de quelque chose? Vous savez bien qu'on est libre ici. Mes amis, divertissez-vous tout à votre fantaisie; Armand, faites toutes vos volontés, je ne veux vous gêner en rien. Et il se retira de la fenêtre. Les deux jeunes gens riaient de toutes leurs forces, en répétant à Armand, qu'ils tenaient serré par les deux bras :

— Armand, faites toutes vos volontés; et voyant bien que M. de Saint-Marsin leur laisait le champ libre, ils se mirent à le faire courir dans la rue, malgré ses cris et ~es efforts. On disait, en les voyant passer :

— Voyez donc ces polissons qui se battent! Armand avait en effet tout l'air d'un polisson; il était sans cravate, sans chapeau, avec une redingote sale et des bas mal attachés, et c'était

ce qui divertissait davantage ses malins camarades, parce qu'ils savaient qu'Armand n'aimait
à se montrer que bien arrangé, et que quelquefois, lorsqu'ils se promenaient ensemble, ils
avaient cru lui voir un air un peu fier de ce
qu'il était mieux mis qu'eux. Les remarques qu'il
entendait augmentaient son chagrin et sa colère.

— Laissez-moi, disait-il, vous n'avez pas le
droit de me retenir malgré moi.

— Empêche-nous-en, lui répondaient les autres. Armand n'était fort qu'en raisonnements ;
et pour obtenir qu'on ne l'entraînât pas malgré
lui, il fut obligé de promettre qu'il irait de bonne
grâce ; mais il était indigné ; et malgré sa promesse, il aurait peut-être bien tenté de s'enfuir,
si ses deux persécuteurs ne l'avaient surveillé
avec soin.

— Ne fais donc pas l'enfant, lui disaient-ils ; tu
vas voir comme tu t'amuseras.

Ils arrivèrent bientôt dans une espèce de jardin de cabaret, où plusieurs hommes du peuple
jouaient à la balle. La première plaisanterie de
Jules fut de pousser Armand au milieu des
joueurs. Il reçut une balle dans l'oreille gauche ;
et un coup de poing que lui donna dans l'épaule

droite, pour le repousser, celui dont il avait dérangé le coup, le jeta sur les pieds d'un autre qui le renvoya d'un second coup, en lui disant de prendre garde à ce qu'il faisait : il n'avait pas encore répondu à celui-ci, que la balle venant à rebondir auprès de lui, un de ceux qui couraient après pour la renvoyer, le jeta par terre et tomba avec lui. Tout le monde riait, surtout Jules et Hippolyte. Armand ne s'était jamais senti dans une pareille colère ; mais en voyant combien cette colère était impuissante, son cœur se gonflait ; et si sa fierté ne l'eût retenu, il se fût mis à pleurer : il se contint cependant ; et s'éloignant des joueurs, il saisit le moment où Jules et Hippolyte, qui apparemment commençaient à trouver la plaisanterie assez longue, ne prenaient plus garde à lui ; et sortant du jardin, il se mit à marcher de toutes ses forces, pour arriver le plus vite qu'il pourrait à la maison. Il tremblait de crainte de voir arriver après lui Jules et Hippolyte : il avait le cœur gros de colère et d'humiliation de n'avoir pu ni se défendre ni se venger de ceux qui avaient si indignement abusé de leur force contre lui. Il arriva enfin, et trouva son père qui sortait comme il rentrait, et qui lui demanda d'un air assez moqueur s'il s'était bien diverti à la promenade. Armand ne pouvait plus se contenir; il lui dit que c'était une indignité que d'avoir encouragé Jules et Hippolyte à l'emmener de force.

— Si c'est pour me punir, dit-il, de la convention que vous avez eu l'air de faire avec moi, il fallait me le dire, ce n'est pas moi qui vous l'ai demandé.

— Mon fils, reprit M. de Saint-Marsin, je n'ai voulu vous punir de rien, je n'ai à vous punir de rien, je n'en ai pas le droit; mais quel droit avais-je aussi d'empêcher vos camarades de faire de vous ce qui leur plaisait? Quand vous dépendiez de moi, je pouvais dire : Je ne veux pas qu'il fasse telle chose, par conséquent je ne veux pas qu'on le force à la faire; je pouvais user de mon autorité et même de ma force, s'il était nécessaire, pour vous défendre de ceux qui voulaient vous contraindre; je ne pouvais pas permettre qu'en vous forçant à leur obéir, d'autres entreprissent sur mes droits; mais à présent vous ne dépendez que de vous-même, c'est à vous à vous défendre, à dire : Je ne veux pas, et à voir ce que vaudra votre volonté. Quand on veut ne dépendre de personne, personne n'est obligé de vous secourir.

— Ainsi, dit Armand d'un ton piqué, je vois

que, parce que je ne dépends pas de vous, si vous
me voyiez tuer, vous diriez que vous n'aviez pas
le droit de me défendre.

— Oh! non, dit en souriant M. de Saint-Marsin, je ne crois pas que ma réserve allât jusque-
là; cependant j'y penserai : je n'ai pas encore
examiné le cas, je ne sais pas bien jusqu'où vont
les devoirs d'un père envers un enfant qui ne
croit pas que son devoir l'oblige d'obéir à son
père. Écoutez donc, ce n'est pas ma faute, je n'a-
vais pas encore vu d'enfant qui eût de ces
idées-là.

Il s'en alla en disant ces paroles. Armand, qui
voyait bien qu'on se moquait de lui, commençait
à s'ennuyer de toutes ces plaisanteries; mais en
même temps il commençait à s'aguerrir et à s'e-
nhardir dans l'idée de faire sa volonté. Auprès de
l'endroit où l'on jouait à la balle, il en avait vu
un autre où l'on tirait au blanc; cette idée lui
revint dans la tête quand il fut rentré. Son père,
à la campagne, commençait à lui apprendre à
tirer, et même à le mener quelquefois à la chasse, ce qui l'amusait beaucoup; mais il ne voulait
pas que dans Paris Armand se servît d'armes à feu,
quelques protestations qu'il eût faites de s'en servir avec prudence. C'était une des choses qu'Ar-

mand désirait le plus, bien convaincu dans sa
sagesse que cela ne pouvait avoir aucun inconvénient. Comme il ne se souciait pas d'aller tirer
avec les gens qu'il avait vus là, il pensa au
moins qu'il pouvait faire un blanc dans le jardin
de son père, ou bien faire la chasse aux moineaux.
Il alla chercher dans le cabinet de son père, où
ils étaient serrés, son fusil et des pistolets que
lui avait donnés un de ses oncles : il pensa bien
ne les pas trouver, car depuis qu'Armand jouissait de sa liberté, de peur qu'il n'en abusât d'une
manière dangereuse, M. de Saint-Marsin avait
soin d'ôter la clef de l'endroit où se trouvaient
les armes ; mais son valet de chambre la lui ayant
demandée pour prendre quelque chose dans cet
endroit, avait, malgré ses ordres, oublié de la retirer ; Armand trouva donc le fusil, les pistolets,
et de quoi les charger. En descendant dans le
jardin, il aperçut un chat qui passait sur une
corniche d'une maison voisine : il l'ajusta, le
manqua, continua son chemin, et se rendit dans
le jardin, où il tira à tort et à travers, et fit un
feu à alarmer tout le voisinage.

Après avoir usé toutes ses munitions de guerre,
comme il revenait et traversait la cour, chargé
de tout son arsenal, un homme qui parlait très-

vivement avec le portier, s'élance vers lui en disant :

— Ah! c'est lui! c'est lui! je le savais bien
que cela venait d'ici. C'est donc vous, Monsieur,
qui cassez mes glaces, mes meubles, qui avez
pensé tuer mon fils? Ah! vous me le payerez
bien, il faudra bien qu'on me paye; si on me refuse, j'irai chercher la garde, je vous mènerai
chez le juge de paix! Et il était si en colère, que
ses paroles s'enfilaient sans qu'il se donnât le
temps de reprendre sa respiration; en même
temps il secouait Armand par le bras :

— Oui, oui, je le mènerai chez le juge de paix,
disait-il aux commères du quartier, qui commençaient à se rassembler à la porte et dans la cour.

— Cela sera bien fait, disait l'une; avec ses
coups de fusil et de pistolet, on aurait dit que
l'ennemi était dans le quartier.

— Les balles venaient frapper contre notre
mur, disait l'autre, je ne savais où me fourrer.

— Notre pauvre Azor en aboyait comme un
désespéré, disait une troisième, et jen suis encore
toute tremblante.

— Il faudra bien qu'on me paye, reprenait
l'homme. Et Armand stupéfait, ne sachant ce qui
lui était arrivé, ce qu'on lui voulait, comprit

enfin que le coup de fusil qu'il·avait adressé au chat, et qu'il avait chargé à balles, de peur que le petit plomb ne suffît pas pour le tuer, était entré par la fenêtre au-dessous de laquelle régnait la corniche qui servait de promenade au chat; que cette fenêtre était celle d'une des plus belles pièces d'un hôtel garni, où la balle avait été casser une glace de deux mille francs, fracasser une pendule, et avait fait tomber en passant le chapeau du fils du maître de l'hôtel, qui se trouvait auprès de la cheminée. Celui-ci, à chaque circonstance qu'il rapportait, secouait le bras d'Armand, qui cherchait inutilement à se faire lâcher pour se sauver, et il disait :

— Vous me le payerez comme je m'appelle Bernard, et de plus l'amende, pour vous apprendre à tirer dans les maisons.

— Il serait, je crois, bien embarrassé de payer, disait l'une des femmes.

—S'il paye, reprenait l'autre, ce sera sur autre chose que sur sa bourse.

— Tout cela m'est égal, disait l'homme, il faut qu'on me paye, n'importe qui. Où est M. de Saint-Marsin? Je veux parler à M. de Saint-Marsin.

— Me voici, dit M. de Saint-Marsin, qui ren-

trait en ce moment, que me veut-on? Armand
pâlit, rougit en voyant arriver son père, et cependant il se sentait un peu rassuré par sa présence.
Pendant qu'on expliquait à M. de Saint-Marsin
de quoi il s'agissait, il levait timidement les yeux
et les baissait aussitôt, comme un coupable qui
attend sa sentence. Quand M. de Saint-Marsin
eut compris la cause de tout ce trouble :

— M. Bernard, dit-il, je suis très-fâché de ce
qui vous est arrivé, mais je n'y puis rien; si c'est
effectivement mon fils qui a cassé votre glace,
arrangez-vous avec lui, cela ne me regarde pas.

— Il faut bien, Monsieur, que cela vous regarde, reprenait M. Bernard; qu'est-ce qui me
payera?

— Je l'ignore, Monsieur; mais si mon fils l'a
fait, c'est en mon absence, sans qu'on puisse
penser que j'y aie eu aucune part; je ne réponds
pas de ses actions. Et se tournant vers Armand :

— Vous sentez, Armand, que cela est juste,
que je ne puis répondre de vos actions quand je
n'ai aucun moyen de vous faire faire ma volonté.
Armand, les yeux baissés, les mains jointes, ne
pouvait répondre; de grosses larmes coulaient
de ses yeux. M. Bernard, dans une colère terri-

ble, voulait mener M. de Saint-Marsin chez le
juge de paix.

— Ce n'est point à moi à y aller, disait M. de
Saint-Marsin, c'est à mon fils.

—Oh! monsieur votre fils, il pourra bien aller
en prison.

— Monsieur, j'en suis bien fâché, mais je n'y
puis que faire.

— A la police correctionnelle, reprenait M. Bernard.

—J'en suis au désespoir; mais je ne puis l'empêcher. Armand, à chaque parole, laissait échapper un profond sanglot et levait vers son père ses
yeux et ses mains jointes. Quelqu'un dit tout bas
à M. Bernard :

— Voilà le commissaire de police qui passe.
Armand l'entendit, et jetant un grand cri, s'arracha des mains de M. Bernard, et courut se ré-
fugier vers son père, qu'il embrassait de toutes
ses forces en lui disant:

— O mon papa! au nom de Dieu, empêchez
que le commissaire ne m'emmène, ayez pitié de
moi... ne me laissez pas aller en prison!

— Quel droit, mon fils, ai-je de l'empêcher, ou
qu'est-ce qui m'y oblige? N'avez-vous pas renoncé à ma protection?

— Oh! rendez-la-moi, rendez-la-moi; je vous obéirai, je ferai tout ce que vous voudrez.

— Me le promettez-vous? désirez-vous que je reprenne mon autorité?

— Oh! oui, oui; punissez-moi comme vous voudrez, mais que je n'aille pas en prison.

— Suivez-moi, dit M. de Saint-Marsin; et se retournant vers M. Bernard :

— M. Bernard, dit-il, j'espère que cela pourra s'arranger sans le juge de paix; faites-moi le plaisir de m'attendre ici un moment.

Quand il fut rentré dans la maison :

— Mon fils, dit-il à Armand, je ne veux pas abuser d'un moment de trouble; pensez-y bien, êtes-vous déterminé à m'obéir, et croyez-vous maintenant que j'aie le droit de l'exiger? Je ne vous dissimule pas que si M. Bernard porte plainte, ce sera probablement contre moi, et qu'après m'avoir fait payer le dommage, on m'enjoindra de vous empêcher de commettre à l'avenir de pareilles actions. Vous croirez-vous alors obligé de vous soumettre à mon autorité, et voulez-vous attendre que le juge de paix vous l'ordonne?

— Oh! non, non, mon papa, disait Armand confus en baisant la main de son père, qu'il couvrait de ses larmes; pardonnez-moi, je vous en prie.

— Mon fils, lui dit M. de Saint-Marsin, je n'ai rien à vous pardonner; en vous donnant la liberté, je savais bien que vous en abuseriez; je savais bien qu'en vous laissant suivre vos idées, je vous exposais à faire des fautes; mais c'est pourquoi vous devez sentir la nécessité de vous soumettre quelquefois aux miennes.

Armand ne savait comment exprimer sa reconnaissance de tant d'indulgence et de bonté. M. de Saint-Marsin alla trouver M. Bernard, et lui dit qu'il ferait estimer le dommage, qui ne se trouva pas heureusement aussi considérable que M. Bernard l'avait dit d'abord. Cependant cela fut encore assez cher; et Armand, qui se trouvait dans le cabinet de son père le jour où l'on vint chercher le paiement, n'osait lever les yeux, tant il était honteux de sa faute.

— Vous comprenez à présent, mon fils, lui disait M. de Saint-Marsin, que les parents peuvent avoir le droit d'empêcher les sottises de leurs enfants, puisqu'ils les payent; mais ce n'est pas seulement des fautes qu'ils payent que les parents ont à répondre, c'est de toutes les fautes que font leurs enfants, quand ils ont pu les empêcher.

— A qui donc en répondre, mon papa ?

— A Dieu et au monde. A Dieu, qui veut que les hommes soient bons, raisonnables, éclairés autant qu'il sera possible, et qui ne peut pas exiger des enfants de devenir tout cela par eux-mêmes. C'est donc les parents qu'il a chargés de l'éducation et de l'instruction de leurs enfants, et pour cela il leur a donné l'autorité nécessaire pour obliger les enfants à se laisser instruire et se former au bien. D'un autre côté, comme le monde veut aussi que les enfants soient élevés d'une manière à devenir d'honnêtes gens, quand ils se conduisent mal, qu'ils annoncent de mauvaises inclinations, on le reproche aux pères : il faut donc bien qu'ils aient les moyens et l'autorité de les corriger, et qu'ils puissent diriger les actions de leurs enfants, jusqu'à ce que ceux-ci aient assez de force et de raison pour qu'on les en rende eux-mêmes responsables.

Armand convint de tout cela. Il lui arriva bien encore quelquefois de trouver l'obéissance fâcheuse ; mais il ne s'entêta plus dans ses idées, parce qu'il comprit qu'il y a des choses dont un enfant de treize ans ne connaît pas encore toutes les raisons.

JULIE

ou

LA MORALE DE MADAME CROQUEMITAINE.

Il y avait deux ans que madame de Vallonay avait mis sa fille en pension, pour aller soigner son mari, malade dans une place de guerre où il commandait, et qu'il ne voulait pas abandonner parce qu'elle était à tout moment en danger d'être attaquée. Les circonstances ayant changé, monsieur et madame de Vallonay étaient revenus à Paris et avaient retiré leur fille de la pension. Julie avait treize ans, elle avait de l'esprit, elle était assez avancée pour son âge; mais un enfant de treize ans, quelque avancé qu'il soit, ne comprend jamais tout ce que disent les personnes plus âgées. Julie avait pris l'habitude de regarder comme ridicules toutes les choses qu'elle ne comprenait pas. Accoutumée au caquetage des pensionnaires, qui, entre elles, parlaient, jugeaient, décidaient de tout, elle s'imaginait savoir une chose dès qu'on en avait parlé à la pension. Ainsi, racontait-on un fait, Julie soutenait qu'il s'était passé autrement ; elle en était bien sûre, car mademoiselle Joséphine l'avait entendu dire dans ses vacances. Si on lui disait que telle ou telle parure était de mauvais goût :

— Ah! il faut bien pourtant que cela soit à la mode, car trois de ces demoiselles en ont fait faire pour cet hiver. Il en était de même sur des choses plus sérieuses. Ce qu'une des grandes avait dit pour l'avoir entendu dire à ses parents, sur la paix ou sur la guerre, sur le spectacle, où elle n'avait jamais été, devenait une opinion générale à laquelle Julie, non plus que ses compagnes, ne pensait pas qu'on pût rien avoir à opposer.

Aussi ne venait-il pas une visite chez ses parents, que Julie, aussitôt qu'elle était sortie, ne dît :

— Mon Dieu, que monsieur ou madame *une telle* a dit une chose ridicule! Sa mère lui laissait exprimer ainsi ses opinions quand elle était seule avec elle, pour avoir occasion de lui prouver ou qu'elle n'avait pas compris ce qu'on avait dit, ou qu'elle ne comprenait seulement pas elle-même ce qu'elle voulait dire; mais, lorsqu'il y avait du monde, elle veillait soigneusement à ce que sa fille ne se laissât aller à aucune inconvenance, comme de parler bas en riant, ou en regardant quelqu'un, de faire des mines à une personne qui se trouvait de l'autre côté de la chambre, ou de faire semblant de ne pouvoir s'empêcher de rire.

Julie, qui craignait sa mère, avait donc généralement un assez bon maintien dans le monde. Mais un jour que deux ou trois de ses amies de pension étaient venues dîner chez madame de Vallonay, le curé de la terre de Vallonay, qui était à Paris pour quelques affaires, y vint dîner aussi. C'était un excellent homme, plein de sens, qui disait de très-bonnes choses, seulement un peu plus longuement qu'un autre, et qui entremêlait tous ses discours de vieux adages tous très-utiles à retenir, mais qui paraissaient fort ridicules à Julie, parce qu'elle n'était pas accoutumée à cette manière de parler. D'ailleurs, elle n'avait jamais vu le curé, et c'était l'habitude de Julie de trouver toujours quelque chose d'extraordinaire aux gens qu'elle voyait pour la première fois. Ses compagnes n'étaient pas plus raisonnables qu'elle. Avant de dîner, elles s'étaient amusées à contrefaire les gestes du curé, que d'une pièce voisine elles voyaient se promener dans le salon avec M. de Vallonay; cela les avait mises

tellement en train de moquerie, que pendant tout
le dîner ce furent des chuchotements continuels,
des rires auxquels elles cherchaient mille pré-
textes ridicules. Tantôt c'était le chien qui se
grattait d'une drôle de manière, ou bien qui, en
posant sa patte sur les genoux de Julie pour lui
demander à manger, avait fait tomber sa ser-
viette, ou bien Émilio avait bu dans son verre,
avait pris sa fourchette ou son pain. Madame de
Vallonay, extrêmement impatientée, n'osait cependant le trop montrer, de peur que le curé ne
remarquât la cause de son mécontentement ; mais
le soir, quand tout le monde fut parti, elle gronda
très-sérieusement sa fille, lui fit sentir l'indé-
cence et même la bêtise d'une pareille conduite,
et lui déclara que si elle y retombait elle ne lui
permettrait plus de revoir ses compagnes, qui
l'entretenaient dans cette détestable habitude.
Ensuite, comme elle voulait l'accoutumer à réfléchir sur les motifs de ses actions, elle lui demanda ce qu'avaient donc de si extraordinaire
les discours du curé de Vallonay.

— Oh ! maman, il disait si singulièrement les
choses !

— Comme quoi, par exemple ?

— Eh bien ! maman, il est venu me dire qu'on

prenait plus de mouches avec une cuillerée de miel qu'avec un baril de vinaigre.

— Eh bien! Julie, il me semble que cette maxime n'a jamais été mieux appliquée, et qu'il aurait été très-heureux qu'elle vous eût rappelé en ce moment qu'on se fait aimer des gens par des choses qui leur plaisent, et non par des moqueries et des choses désagréables.

— Et puis il a cité à papa, qui le savait bien apparemment, ce vers de La Fontaine :

Plus fait douceur que violence.

— Qui veut dire?... demanda madame de Vallonay.

— Qui veut dire... qui veut dire... et Julie, probablement un peu impatientée de la conversation, ne songeait en ce moment qu'à tirer de toute sa force le cordon de son sac qui s'était entortillé dans la clef de sa boîte à ouvrage.

— Qui veut dire, reprit madame de Vallonay, que vous feriez beaucoup mieux de défaire doucement le nœud de cordon que de le serrer en le tirant ainsi avec humeur. Je vois, Julie, que vous auriez grand besoin qu'on vous rappelât souvent les adages du curé.

— Mais, maman, ce n'en sont pas moins des

choses que tout le monde sait, et c'est ce qui fait que cela m'a ennuyée et que je me suis mise à rire avec ces demoiselles.

— Que tout le monde sait? que vous savez, vous, Julie?

— Je vous assure que oui, maman.

— Vous, à qui tout le monde peut apprendre quelque chose? vous, qui trouveriez à vous instruire dans le conte de madame Croque-Mitaine, si vous étiez bien en état de le comprendre?

— Le conte de madame Croque-Mitaine! s'écria Julie très-piquée, ce conte pour les tout petits enfants, que mon cousin a apporté l'autre jour à ma petite sœur?

— Précisément, celui qu'il a fait pour elle à l'occasion de cette mauvaise gravure que je lui ai donnée, où l'on voit madame Croque-Mitaine avec sa hotte et son bâton, et menaçant les petits enfants de les emporter s'ils ne sont pas sages.

— Comment! maman, et c'est ce conte-là où vous croyez que j'apprendrai quelque chose?

— Non, parce que je ne suis pas bien sûre que vous ayez assez d'esprit pour en sentir l'utilité. Allons, voyons, voilà le papier, lisez... lisez donc.

— Ah! maman!

— Ah! ma fille, vous aurez la bonté de me le lire tout haut : si ma dignité n'est pas blessée de l'entendre, la vôtre apparemment ne sera pas blessée de le lire.

Julie, moitié riant, moitié boudant, prit le papier et lut tout haut le conte qui suit :

MADAME CROQUE-MITAINE

CONTE.

— Viens vite, viens vite, Paul, disait à son frère cadet la petite Louise, nous avons plus de temps qu'il ne nous en faut : la marchande de fleurs et de joujoux demeure au bout de la rue voisine; maman est à s'habiller; avant qu'elle ait fini nous serons revenus, toi avec ton fouet, moi avec mon bouquet, et nous en rapporterons un à maman pour lui faire plaisir.

Et prenant Paul par la main, elle se mit à marcher avec lui aussi vite que le permettaient leurs petites jambes. Louise avait neuf ans, et Paul n'en avait que sept : c'étaient bien les deux plus jolis enfants que l'on puisse voir. Louise avait une robe de percale bien blanche, une ceinture couleur de rose dessinait sa petite taille; elle admirait, en marchant, ses souliers rouges, et ses beaux cheveux blonds tombaient en boucles sur ses épaules : ceux de Paul n'étaient ni moins blonds ni moins beaux; il portait un habit de nankin tout neuf, un gilet brodé, une chemise à points à jour. Tout cela n'était rien auprès du plaisir qui les attendait ; leur mère leur avait promis de les mener à la foire de Saint-Cloud, et on devait partir dans une heure. A la campagne, où ils avaient habité jusque-là, on leur permettait de courir dans le parc, quelquefois même dans le village. Depuis qu'ils étaient à Paris, on leur avait bien défendu de se hasarder jamais hors de la porte cochère; mais l'habitude de cette réserve n'était pas encore prise : d'ailleurs, pour aller à Saint-Cloud, Louise avait envie d'un bouquet, Paul d'un fouet, avec lequel il voulait fouetter les chevaux de son papa, qui lui avait promis de l'asseoir auprès de lui sur le devant de la calèche, et ils se pressaient d'aller les acheter à l'insu de leur mère, avec l'argent qu'elle venait de leur donner pour leur pension de semaine.

Tous les passants s'arrêtaient pour les regarder.

—Les jolis enfants ! disaient-ils, comment peut-on les laisser aller seuls dans la rue, à leur âge ?

Et Louise tirait Paul par la main pour marcher plus vite afin de ne pas entendre. Un cabriolet qui venait au grand trot derrière eux leur fit encore doubler le pas.

— Courons vite, dit Louise, voilà un cabriolet. Mais le cabriolet courait aussi ; Louise, effrayée, tourna à droite au lieu de tourner à gauche, et dépassa, sans s'en apercevoir, la boutique de la marchande de fleurs : le cabriolet les suivait encore, à chaque instant il s'approchait davantage ; le bruit des roues étourdissait Louise, qui le croyait sur son dos ; elle se jeta dans une nouvelle rue ; le cabriolet prend le même chemin, et, au détour, le cheval trottant au milieu du ruisseau, fait voler une pluie d'eau et de boue, et en couvre nos deux enfants tout effarés.

Paul fond en larmes à l'instant.

— Mon gilet brodé est abîmé, s'écrie-t-il.

— Tais-toi donc, lui dit Louise, on va nous regarder ; et elle jetait des regards inquiets et douloureux tantôt autour d'elle, tantôt sur sa robe de percale encore plus abîmée que le gilet de Paul.

— Serons-nous bientôt chez la marchande de joujoux ? demanda Paul en pleurant toujours, mais plus bas.

— Nous n'avons qu'à retourner sur nos pas, dit Louise, car je crois que nous avons été trop loin; en reprenant notre chemin nous y serons bientôt. Et elle tirait Paul encore plus fort, en se serrant contre les maisons, dans l'espoir de n'être pas vue : elle ne savait cependant pas comment elle pourrait entrer, d'abord chez la marchande de joujoux, et ensuite chez sa mère, avec sa robe ainsi arrangée.

Toutes les rues se ressemblent, et quand on est enfant on ne connaît que celle où l'on demeure : Louise ne reprit point le chemin par où le cabriolet l'avait poursuivie; plus elle allait, plus elle s'inquiétait de n pas arriver, et plus elle secouait le bras de Paul, qui, ne pouvant marcher aussi vite, lui disait en pleurant :

— Attends donc, tu me fais mal. Ils enfilèrent une petite ruelle qui ressemblait assez à une rue voisine de leur maison, et par où Louise avait passé quelquefois; mais au bout ils ne trouvèrent point d'issue, et au lieu de leur chemin, ils aperçurent....... madame Croque-Mitaine, fouillant avec son croc dans un tas de haillons.

Vous connaissez madame Croque-Mitaine, vous avez vu son dos voûté, ses yeux rouges, son nez pointu, son visage ridé et noir, ses mains sales et sèches, son jupon de toutes couleurs, ses sabots, sa hotte, et ce long bâton avec lequel elle tâte, examine toutes les ordures qu'elle rencontre.

Au bruit que faisaient les deux enfants en courant, elle lève la tête, les regarde, et devine sans peine, à leur air épouvanté, aux larmes qui coulent encore sur les joues de Paul et à celles qui gonflent la poitrine de Louise, qu'ils ne devraient pas être où ils sont.

— Que faites-vous là? leur demande-t-elle.

Et Louise, au lieu de répondre, se tapissait contre une borne en serrant Paul encore plus fort.

— N'avez-vous pas de langue? continue madame Croque-Mitaine; vous avez cependant de bien bonnes jambes pour courir; et elle prend Louise par la main en lui disant :

— Lève donc le nez, ma petite; qu'est-ce qui t'est arrivé?

Louise était si peu accoutumée à parler à des gens qu'elle ne connaissait pas, les contes que sa bonne avait eu la sottise de lui faire sur les vieilles femmes qui emportent les enfants, les rides, l'air grognon, le costume et les premiers mots de madame Croque-Mitaine lui avaient fait une

telle peur que, malgré le radoucissement de ton
de celle-ci, elle n'osait ni lever les yeux ni répondre.

— Allons, dit la vieille, je vois bien que je
n'en obtiendrai pas une parole. Je ne veux pour
tant pas les laisser là, ces pauvres enfants. Dis
moi donc, toi, demanda-t-elle à Paul, d'où vous
venez et où vous allez : es-tu muet comme ta
sœur ?

— Nous allons chez la marchande de joujoux,
dit Paul.

— Et nous nous sommes perdus en route, reprit Louise, qui commençait à se rassurer un
peu sur la rencontre qu'elle venait de faire.

— Votre maman ne vous avait certainement
pas permis de sortir, reprit la vieille.

Et Louise baissa les yeux.

— Allons, allons, venez d'abord chez moi, que
je vous débarbouille; vous êtes presque aussi
crottés que moi.

— Non, non! s'écria Louise, qui recommençait à s'effrayer au souvenir des histoires de sa
bonne.

— Qu'est-ce que cela veut dire, *non* ? crains-tu
que je te mange? Ah! je vois qu'on vous a fait
peur de madame Croque-Mitaine; mais soyez

tranquilles, elle n'est pas si méchante qu'on vous l'a dit.

Et en effet, cette madame Croque-Mitaine n'était que ce qu'elles sont toutes, une pauvre vieille femme qui n'avait d'autre ressource pour gagner son pain que de ramasser çà et là des haillons qu'elle vendait ensuite à des gens aussi pauvres qu'elle.

Elle jeta son bâton dans sa hotte, prit par la main les deux enfants, qui ne marchaient encore qu'avec hésitation, et s'achemina le long d'une grande rue.

Tout le monde regardait avec étonnement et la conductrice et ceux qu'elle conduisait ; leurs jolis habits, tout éclaboussés qu'ils étaient, faisaient avec les siens un singulier contraste, et l'on voyait clairement, à leur air honteux, qu'ils avaient essuyé par leur faute quelque mésaventure.

— Je crois, en vérité, disait un homme, que ce sont là les deux enfants que j'ai rencontrés tout-à-l'heure et qui s'en allaient si gaiement en se tenant par la main.

— Que leur est-il arrivé ? demandait un autre.

Louise, désolée, aurait voulu, malgré la peur dont elle n'était pas encore bien guérie, presser la marche de madame Croque-Mitaine pour échapper aux regards des curieux.

— Attendez donc, attendez donc, lui disait celle-ci ; ne me tirez pas si fort ; j'ai ma hotte à porter, moi, je ne peux pas aller si vite.

Ils arrivent enfin devant une vilaine petite maison où l'on entrait par une porte à moitié pour rie. Madame Croque-Mitaine l'ouvre, fait passer les enfants devant elle, entre après eux, pose sa hotte et appelle une petite fille en lui disant :

— Charlotte, apporte ici de l'eau et un torchon pour laver ces pauvres petits ! Charlotte sort d'un coin où elle filait du gros chanvre ; elle était aussi déguenillée que sa mère, et n'avait que deux ou trois ans de plus que Louise ; mais celle-ci, en la voyant, se sentit un peu rassurée. Charlotte la débarbouilla elle-même pendant que la vieille femme en faisait autant pour Paul : le torchon était bien grossier, et les bonnes n'y allaient pas avec précaution. Paul dit en pleurant qu'on frottait trop fort ; mais Louise était trop humiliée pour oser s'en plaindre.

Quand cette opération fut finie :

— A présent, dit la vieille, vous allez me dire où vous demeurez, pour que je vous y reconduise.

— Dans la rue d'Anjou, répondit aussitôt Louise.

—Ah! ah! vous parlez sans vous faire prier; allons donc, ce n'est pas loin d'ici; et elle sortit avec nos enfants tout-à-fait rassurés.

Comme elle n'avait pas sa hotte, on marchait plus vite. Une fois arrivée dans la rue d'Anjou, Louise alla droit à sa porte. Ils trouvèrent, en y entrant, la maison toute en émoi; on les cherchait depuis qu'ils étaient partis. Tous les domestiques avaient parcouru différentes rues; leur mère elle-même, fort inquiète, était sortie pour aller à leur poursuite. La portière, en les voyant, poussa un cri de joie et monta avec eux dans l'appartement.

—Les voici! les voici! cria-t-elle de loin à la bonne, qui était au désespoir de les avoir si mal surveillés; et Louise courut se jeter dans ses bras en pleurant de honte, de crainte et de plaisir. Dans ce moment même rentra leur mère, en proie aux plus cruelles angoisses : transportée de bonheur en les retrouvant, elle ne songeait pas à les gronder comme ils le méritaient.

— Qu'êtes-vous donc devenus? qu'avez-vous fait? leur demanda-t-elle en les prenant sur ses genoux et en les couvrant de baisers et de larmes.

— Ils se sont perdus, Madame, dit madame Croque-Mitaine, car Louise n'osait répondre. Je les ai rencontrés dans un cul-de-sac assez loin d'ici ; la petite m'a dit qu'elle allait acheter des bouquets pour elle et pour vous, et un fouet pour son frère, mais sûrement c'était sans votre permission.

— Mon Dieu, oui, dit la mère encore toute tremblante ; et c'est vous, bonne femme, qui me les avez ramenés ?

— Oui, Madame ; mais j'ai d'abord été les débarbouiller chez moi ; ils ont sans doute été éclaboussés par quelque fiacre : si vous aviez vu comme ils étaient faits ! Et Louise, toute honteuse, aurait voulu cacher sa robe couverte de boue, tandis que Paul montrait son gilet à sa mère, lui disant :

— Mais, maman, pour aller à Saint-Cloud il me faudra un autre gilet.

— Oh ! mes enfants, dit la mère, point de Saint-Cloud ; je suis encore toute tremblante de la peur que vous m'avez causée. Il est déjà tard, votre papa vous cherche encore : si vous n'étiez pas sortis seuls et sans ma permission, vous ne vous seriez ni salis ni perdus, et nous serions à présent sur la route de Saint-Cloud ; il est juste que vous soyez punis de votre faute : allez changer d'habits.

Paul avait grande envie de pleurer et de grogner, mais Louise sentait la justice de ce que venait de dire sa mère, le prit par la main et sortit de la chambre avec lui et sa bonne.

Leur mère était restée avec madame Croque-Mitaine.

— Ces pauvres enfants avaient bien peur de moi, Madame, lui dit la vieille; ils ne voulaient pas se laisser emmener, et j'ai eu grand'peine à les faire entrer dans mon taudis.

— Que je vous ai d'obligations ! reprit la mère, sans vous ils ne seraient pas encore ici, et Dieu sait ce qui leur serait arrivé! que je vous ai d'obligations !

— Oh! de rien du tout, Madame; si ma fille s'était perdue et que vous l'eussiez retrouvée, vous en auriez fait autant.

— Vous avez une fille, bonne femme?

— Oui, Madame, de douze ans, sauf votre respect : ce n'est pas pour dire, mais Charlotte est bien gentille.

Louise rentrait sur ces entrefaites.

— Louise, demanda sa mère, as-tu vu la petite Charlotte?

— Oui, maman; c'est elle qui m'a débarbouillée.

— Eh bien! veux-tu que nous allions lui faire une visite?

— Oh! oui, maman, cela me fera plaisir.

— Viens avec moi, ma fille.

Louise suivit sa mère dans sa chambre, et là, sur sa proposition, elle fit à la hâte un paquet de deux robes encore fort bonnes, de trois chemises, d'un bonnet, de deux fichus et de deux paires de bas.

— Allons porter cela à Charlotte, lui dit sa mère; et Louise enchantée dit :

— Maman, je crois que tout lui ira bien; elle n'est guère plus grande que moi.

— Conduisez-nous chez vous, bonne femme, dit la mère à madame Croque-Mitaine, qui se réjouissait beaucoup de cette visite.

— Charlotte ne sera pas sortie, n'est-ce pas? lui demanda Louise en rougissant.

— Non, certes, répondit la vieille, elle ne sort pas sans ma permission; et elles descendirent bien vite.

On ne resta pas longtemps en route. Louise courait presque. En entrant dans la maison, madame Croque-Mitaine se répandit en excuses sur le palier sale, la porte pourrie. Louise avait déjà été chercher Charlotte dans le coin où elle filait encore. La petite fille était un peu honteuse de se montrer si mal vêtue devant une belle dame.

— Avancez donc, Mademoiselle, lui dit sa mère; faites la révérence; Madame est la maman de mademoiselle Louise, que vous avez débarbouillée tout-à-l'heure. Ah! je vous assure, Madame, qu'elle l'a fait de bien bon cœur. Et Charlotte, n'osant regarder une belle dame, regardait Louise en souriant. Celle-ci eût voulu lui mettre sur-le-champ une robe, des bas blancs, un bonnet, un fichu, pour avoir ensuite le plaisir de la contempler.

— Laisse-la faire, lui dit sa mère; elle s'habillera quand elle voudra. Dites-moi, ma petite, seriez-vous bien aise de demeurer près de Louise? Charlotte regardait sa mère comme pour lui demander ce qu'elle devait répondre.

— Répondez donc, Mademoiselle, lui dit celle-ci.

— Vous ne quitterez pas votre maman; j'ai une proposition à lui faire. Ma portière s'en va, je n'en ai encore retenu aucune à sa place : voulez-vous prendre la loge, bonne femme? Personne ne rentre tard chez moi, et vous n'aurez pas beaucoup de peine. Madame Croque-Mitaine se trouva trop heureuse de cette offre; c'était une condition bonne et assurée; elle accepta avec la plus vive reconnaissance. On convint que son établissement se ferait le lendemain. Louise s'en retourna avec sa maman. Son père, qui venait de rentrer, la gronda encore un peu d'une faute dont elle n'avait pas senti d'abord toute l'étendue; et Louise, en reconnaissant son tort, dit cependant que sa bonne n'aurait pas dû lui faire de mauvais contes sur madame Croque-Mitaine, et qu'elle aimait bien mieux avoir eu l'occasion de faire plaisir à Charlotte qu'être allée à Saint-Cloud.

—

— Eh bien! ma fille, dit madame de Vallonay à Julie quand elle eut fini, quelles sont les utiles réflexions que vous tirez du conte de madame Croque-Mitaine? Julie riait et ne disait rien, comme si elle eût cru que sa mère se moquait d'elle; mais madame de Vallonay l'ayant pressée de répondre :

— En vérité, maman, dit Julie d'un air méprisant, si vous me l'avez fait lire pour m'apprendre qu'il ne faut pas avoir peur des femmes qui ramassent des haillons dans les rues, je crois que je savais cela.

— Et vous n'y voyez pas autre chose?

— Quoi! maman, qu'il ne faut pas désobéir? c'est une chose qu'on n'a plus guère besoin d'apprendre à mon âge.

— Je suis bien aise, dit madame de Vallonay en souriant d'un air un peu moqueur, que cette leçon vous soit devenue tout-à-fait inutile. Mais vous n'en voyez pas d'autres?

— Que pourrait-il donc y avoir?

— Ah! vraiment, ma fille, je ne vous le dirai pas, vous pourriez trouver que je vous apprends des choses que tout le monde sait; cherchez.

En disant ces mots, madame de Vallonay passa dans le cabinet de son mari, à qui elle avait à parler, et laissa Julie dans le sien avec son ouvrage, ses livres d'histoire et sa sonate à étudier. Lorsqu'elle revint il était dix heures. Au moment où elle ouvrit la porte, Julie fit un cri et sauta sur sa chaise d'un air tout effrayé.

— Qu'avez-vous donc, ma fille? lui demanda sa mère.

— Oh! rien, maman, c'est que j'ai eu peur.

— Peur! et de quoi!

— C'est que vous m'avez surprise!

— Quel enfantillage! Allons, il est tard, allez vous coucher.

— Maman, venez-vous ?

— Non, j'ai une lettre à écrire.

— Eh bien! maman, j'attendrai que vous ayez fini.

— Non, je veux que vous alliez vous coucher.

— Mais, mamau, si vous le vouliez, en passant je porterais votre écritoire et la lampe dans votre chambre à coucher; vous y écririez bien plus commodément.

— Non, ma fille, j'écrirai plus commodément ici : ne pouvez-vous donc vous aller coucher sans moi ?

Julie ne remuait pas; elle regardait d'un air interdit, et sans l'allumer, le bougeoir que sa mère lui avait ordonué de prendre. Elle semblait de temps en temps écouter avec inquiétude du côté de la porte. Sa mère ne concevait pas ce qu'il lui prenait.

— Je crois, en vérité, ma fille, dit-elle en riant, que vous avez peur de rencontrer sur votre chemin madame Croque-Mitaine.

Julie, riant aussi, quoiqu'embarrassée, avoua à sa mère qu'elle avait lu dans un livre qui était sur la table une histoire de voleurs et d'assassins qui lui avait fait une si terrible peur, qu'elle n'osait plus aller seule dans sa chambre, qui était séparée du cabinet par le salon et la chambre à coucher de sa mère.

— Nous étions convenues, Julie, que vous ne liriez rien sans ma permission, et il me semble qu'il n'aurait pas été si inutile que madame Croque-Mitaine vous apprit à ne pas désobéir.

— Maman, je n'ai pas cru faire un grand mal, parce que c'est un livre pour les jeunes personnes où vous m'aviez déjà permis de lire quelques histoires.

— Il fallait attendre que je vous eusse permis de les lire toutes, et le conte de madame Croque-Mitaine aurait dû vous apprendre que les enfants ne doivent pas interpréter les volontés de leurs parents, parce que la plupart du temps ils n'en peuvent pas sentir les raisons. Louise et Paul croyaient comme vous ne pas faire un grand mal, et, comme vous, ils sont tombés précisément dans l'inconvénient qu'on voulait leur éviter. Allez, ma fille, allez vous coucher; et si la peur vous empêche de dormir, vous réfléchirez sur la morale de madame Croque-Mitaine.

Julie vit bien qu'il fallait prendre son parti; elle alluma le bougeoir le plus lentement qu'elle put, laissa en s'en allant la porte du cabinet ouverte pour avoir un peu moins peur, mais sa

mère la rappela pour la fermer. Alors, se voyant
seule, elle se mit à marcher si vite qu'à la porte
de sa chambre la bougie s'éteignit; il fallut revenir sur ses pas; le cœur lui battit bien fort quand
elle arriva dans sa chambre pour la seconde fois;
elle n'entendait pas craquer une boiserie sans
tressaillir, et ne put s'endormir que quand sa
mère fut rentrée. Ces ridicules frayeurs la trou-
blèrent deux ou trois jours, sans qu'elle osât en
parler, de peur qu'on ne lui rappelât encore madame Croque-Mitaine; mais elle n'en était pas
quitte.

On avait donné à l'une des compagnes de Julie
deux petites souris blanches, les plus jolies du
monde; elles étaient renfermées dans un grand
bocal de verre à travers duquel on les voyait. On
avait suspendu au couvercle une espèce de petite roue qu'elles faisaient tourner avec leurs pat-
tes, comme les écureuils, en essayant de grimper
dessus, et elles s'imaginaient ainsi faire beaucoup de chemin. Cette jeune personne n'avait pu
les emporter à sa pension, et comme elle y devait
rester encore un an, Julie l'avait priée de les lui
prêter pour ce temps-là, promettant d'en avoir
grand soin. En effet, Julie les soignait elle-
même. Sa mère ne voulait pas qu'elle eût des

animaux pour en charger les domestiques; car elle pensait que ces choses-là ne peuvent amuser que quand on s'en occupe, et trouvait qu'il ne valait pas la peine d'en avoir quand on ne s'en amusait pas. Julie leur donnait assez régulièrement à manger, mais elle oubliait souvent de fermer le bocal; alors elles s'échappaient. On les avait toujours rattrapées; mais un jour qu'elles étaient à prendre l'air, et que Julie avait eu, selon sa coutume, la précaution de laisser la porte de sa chambre ouverte, un chat y entra, et Julie, qui arrivait dans ce moment, le vit, sans pouvoir l'en empêcher, manger une de ses souris. Elle se désespéra, s'écria vingt fois :

— Le maudit chat! l'horrible chat! et elle assura bien que si elle avait su cela elle ne s'en serait pas chargée.

— Mon enfant, lui dit sa mère quand elle la vit un peu consolée, tout votre malheur vient de ce qu'alors vous n'aviez pas encore lu le conte de madame Croque-Mitaine.

— Comment! maman, dit Julie impatientée, qu'est-ce qu'il aurait fait à cela?

— Vous y auriez vu qu'il ne faut jamais commencer une chose sans s'être assuré de pouvoir la faire : car ce qui arriva à Louise et à Paul vint de ce qu'avant de sortir pour aller chez la marchande de joujoux, ils n'examinèrent point s'ils seraient capables d'y arriver sans s'égarer et sans avoir peur des voitures; de même que vous n'avez point examiné, avant de vous charger des souris, si vous seriez capable de les bien soigner.

— Mais, maman, il fallait prévoir.

— Que vous seriez une étourdie, que les souris s'échapperaient d'un bocal ouvert, et que, quand elles seraient dehors, le chat les mangerait. C'est ce qu'il vous aurait été bien facile d'imaginer, si vous aviez pu profiter de la morale de madame Croque-Mitaine.

— Mais, maman, dit Julie qui voulait détourner la conversation, vous trouvez donc tout dans madame Croque-Mitaine?

— J'y pourrais trouver encore beaucoup de choses, et si vous le voulez, nous en avons pour longtemps.

— Oh! non, non, maman, je vous en prie.

— Je veux bien n'en plus parler, ma fille, mais c'est à une condition, c'est que vous ne vous aviserez plus de croire que ce que disent des personnes raisonnables peut être un sujet de moquerie pour une petite fille comme vous; et que

quand leur conversation vous ennuiera, au lieu
de prétendre que c'est parce qu'elle est ridicule,
vous vous direz que c'est parce que vous n'avez
pas assez d'esprit pour la comprendre, ou de raison pour en profiter. Prenez-y garde; si vous y
manquez, je vous remets, pour toute nourriture,
à la morale de madame Croque-Mitaine.

LES PETITS BRIGANDS

— Pierre, Jacques, Louis, Simon, écoutez donc,
écoutez donc! criait Antoine à ses camarades,
enfants du village de Macieux, qui jouaient au
petit palet sur la pelouse devant le village. Une
voiture de poste venait de passer; on avait jeté
par la portière un papier renfermant des débris
d'un pâté : Antoine avait couru s'en emparer; et
comme il savait lire, parce qu'il était le fils du
maître d'école du village, en mangeant les miet-
tes du pâté il avait lu dans le papier, qui était
le *Journal de l'Empire* du 2 février 1812, le para-
graphe suivant :

« *Berne, le 26 janvier* 1812. — Un certain

nombre d'écoliers des deuxième et troisième clas-
ses de notre collége, âgés de douze à quatorze
ans, qui avaient lu, dans leurs heures de récréa-
tion, des histoires romanesques de brigands, s'é-
taient réunis, avaient nommé un capitaine et des
officiers, et s'étaient donné des noms de brigands.
Ils tenaient des assemblées secrètes dans les-
quelles ils mangeaient et buvaient, et s'enga-
geaient par serment à voler et à garder le secret
sur toutes leurs opérations, etc. »

C'était cela qu'il voulait lire à ses camarades.

— Ah ! des brigands ! des brigands ! dirent-ils
tous à la fois après l'avoir entendu, que cela est
joli ! il faut nous faire brigands. Charles, veux-tu
en être ? crièrent-ils au neveu du curé, qui arrivait en ce moment.

— Qu'est-ce que c'est? je le veux bien, dit
Charles sans savoir ce que c'était. Charles était
un bon garçon, mais qui avait un grand tort, c'é-
tait de ne pas obéir à son oncle, qui lui avait
défendu d'aller avec les autres petits garçons du
village, presque tous très-mauvais sujets. Au lieu
de se soumettre à cet ordre, il s'arrêtait, toutes
les fois qu'il en trouvait l'occasion, avec l'un ou
avec l'autre ; il leur donnait même rendez-vous
aux endroits par où il devait passer quand son

oncle l'envoyait quelque part. Quand il était avec
eux, ils lui faisaient faire beaucoup de sottises
qu'il n'aurait pas voulu faire, mais il ne savait
pas leur résister. Il se fâchait bien quand il les
voyait jeter des pierres dans les arbres pour abattre le fruit, marcher dans des champs de blé mûr
ou gâter des plants d'asperges ; il disait alors
qu'il ne viendrait plus jouer, et il revenait toujours. Il dit qu'il voulait bien être brigand, parce
qu'il s'imagina que c'était un jeu.

On arrêta d'abord qu'il fallait prendre des bâtons. Les petits garçons coururent à un tas de
fagots et en tirèrent les plus gros cotrets. Charles eut beau dire que ces fagots appartenaient à
son oncle le curé, qui les avait achetés le matin,
on lui répondit que les brigands n'avaient pas
peur des messieurs, et que les messieurs du monde
n'avaient qu'à venir, qu'ils trouveraient à qui parler. Charles riait de toutes ces sottises ; et Simon,
celui pour qui il avait le plus d'amitié, parce qu'il
était gai et bon enfant, quoique bien mauvais
sujet, ayant choisi un bâton pour lui, il le prit.
Ils se mirent tous alors à remuer leurs bâtons
en levant la tête et en se donnant la figure la plus
méchante qu'il leur fut possible. Ils se demandè-
rent après cela ce qu'ils allaient faire.

— Il faut d'abord jurer que nous sommes des brigands, dit Antoine; et puis après, ajouta-t-il en regardant comment on disait dans son journal, nous volerons tout ce que nous trouverons.

— Nous volerons! dit Charles, qui commençait à trouver ce jeu fort singulier.

— Sûrement, puisque nous sommes des brigands.

— Je ne volerai pas.

— Ah! tu voleras, tu voleras, crièrent tous les petits garçons; tu es un brigand, tu voleras.

— Je ne volerai pas.

— Qu'est-ce que cela nous fait donc? dit Simon, qui voulait toujours tout arranger; si tu ne voles pas, ce sera tant pis pour toi.

— Oui, si tu es une bête, dirent les autres, ce sera tant pis pour toi, tu ne viendras pas boire.

— Mais qu'est-ce que c'est que boire? demanda l'un de la troupe. Charles dit que c'était de s'enivrer.

— Ah! oui, dit Antoine en regardant son journal; nous irons tous ensemble au cabaret.

— On vous y laissera bien aller! dit Charles.

— Oh! des brigands n'ont peur de rien, et puis on ne le saura pas; nous irons à Troux, à une lieue d'ici; des brigands n'ont pas besoin de

permission, ils font ce qu'ils veulent, et se mo-
quent de tout le monde. Et les petits garçons se
mirent à remuer leurs bâtons d'un air encore plus
fier.

— Allons, dit Antoine, il faut jurer que nous
sommes brigands.

— Bah ! dit Charles, laissons-là ce bête de jeu,
et jouons au petit palet. Simon, viens jouer au
petit palet, tu sais bien que je te dois une revanche. Et Simon était assez disposé à aller prendre
sa revanche ; mais les autres le retinrent, dirent
qu'il fallait jurer ; que Charles pouvait bien s'en
aller s'il voulait, puisqu'il était une bête. Charles
aurait dû s'en aller ; cependant il resta. Antoine
dit qu'il fallait avoir du vin ; et comme il avait lu
l'histoire dans un vieux recueil latin et français
où son père apprenait aux enfants à lire le latin,
il dit qu'ils feraient comme les conjurés faisaient
autrefois, qu'ils y mettraient un peu de leur sang,
qu'ils boiraient cela, et seraient engagés à être
brigands pour toute leur vie. Ils trouvèrent cela
charmant.

— Mais comment aurons-nous du sang ! dit
l'un d'eux.

— On se piquera le doigt, reprit un autre ; jus-
10

tement j'ai une grosse épingle qui attache ma
culotte.

Ils convinrent de se servir de l'épingle, chacun
se promettant bien intérieurement de ne pas piquer bien fort. Il fallait avoir du vin : ce fut un
grand embarras. On voulait que Louis, qui était
le fils du marchand de vin, en allât voler chez
son père. Louis dit que ce ne serait pas la première fois, mais qu'il n'y allait pas le jour, de
peur d'être vu et battu. On lui disait que pour
un brigand il était bien poltron, mais cependant
personne ne voulait y aller à sa place. Enfin Simon, qui était le plus hardi, en alla demander à
la servante du cabaretier, qui l'aimait assez,
parce que, quand il la rencontrait dans la rue,
bien chargée, il l'aidait à porter ses brocs. Elle
lui en donna un peu qui était resté au fond d'une
pinte; il l'apporta en triomphe dans un vieux
sabot cassé où il l'avait mis. Antoine commença
à se piquer le doigt; comme il sentit que cela lui
faisait mal, il dit que cela saignait assez, quoique cela ne saignât pas du tout; les autres firent
semblant de se piquer; ils secouèrent le doigt
bien fort dans le sabot, comme s'il y avait eu
beaucoup de sang. Il n'y eut que Charles qui ne
voulut pas se piquer, à qui Jacques donna un

grand coup d'épingle qui fit sortir le sang. Il se fâcha, se battit avec Jacques. Simon prit le parti de Charles, et battit Jacques. Charles, toujours en colère, voulait jeter le vin qui était dans le sabot; les autres l'en empêchèrent, et dirent qu'il ne voulait pas boire et jurer avec eux, parce qu'il était un traître qui voulait les dénoncer. Simon lui-même lui dit que s'il ne buvait pas avec eux, c'est qu'il était un traître. Cela fit de la peine à Charles, d'autant que Simon venait de se battre pour lui.

— Tu as promis d'être un brigand, criaient-ils tous à la fois. Charles disait qu'il n'avait pas envie de les dénoncer, mais qu'il ne voulait pas être un brigand. Ils criaient encore plus fort :

— Il faut que tu sois un brigand, tu l'as promis; et Simon lui portait le sabot à la bouche. Charles se débattait; ils prétendirent qu'il avait bu et qu'il était brigand. Charles s'en alla en disant que non, et fort en colère.

Cependant sa colère ne tint pas contre Simon, qui le lendemain l'attendit à son passage dans la rue, pour lui dire de venir voir un gros saucisson qu'ils avaient trouvé moyen de décrocher de la boutique du charcutier du village. Charles avait bien dit d'abord qu'il n'irait pas; mais

Simon lui avait tant dit que le saucisson était bien gros, que la curiosité lui prit de voir comment il était. Il alla donc l'après-midi sur la pelouse où ils mangeaient le saucisson; il le trouva en effet bien gros; ils lui racontèrent comment ils l'avaient pris, la peur qu'ils avaient eue d'être vus par le marchand, les contes que Simon lui faisait pour l'amuser hors de sa boutique pendant qu'un autre s'y glissait. Tout cela fit rire Charles, qui oublia si bien le mal qu'il y avait à de pareilles actions, que quand on lui proposa de goûter du saucisson, il en prit un morceau qu'il mangea. Il ne l'eut pas plus tôt avalé, qu'il se sentit inquiet de ce qu'il venait de faire. Il s'en alla tout de suite sans rien dire, et à mesure qu'il y pensait il était plus tourmenté. Ce fut bien pis quand, lorsqu'il arriva à la maison, son oncle lui fit répéter sa leçon de catéchisme, qui se trouvait tomber ce jour-là sur le commandement de Dieu: *Le bien d'autrui tu ne prendras.*

Son oncle lui expliqua que ceux qui prenaient le bien d'autrui n'étaient pas seulement les voleurs, mais encore ceux qui achetaient sans payer, ceux qui dépensaient plus qu'ils n'avaient, et empruntaient ce qu'ils ne pouvaient pas rendre, mais surtout ceux qui profitaient de ce qu'avaient pris les autres.

Charles pâlissait et rougissait tour à tour; heureusement il faisait sombre, son oncle n'en vit rien; il ne répondit point; et sitôt qu'il put s'échapper, il alla se cacher pour pleurer. A souper, il ne mangea point; il dit qu'il avait mal à l'estomac; et en effet, le morceau de saucisson qu'il avait mangé lui faisait bien mal. Il ne dormit point. Sa conscience lui reprochait d'avoir participé au vol, puisqu'il en avait profité; il sentait bien qu'il ne pourrait plus leur dire que cela était mal, car ils lui diraient:

— Cela ne t'a pourtant pas empêché de manger du saucisson.

Il savait, et son oncle le lui avait répété, qu'on ne pouvait pas espérer que Dieu vous pardonnât, à moins de rendre au moins la valeur de ce qu'on avait pris. Charles aurait donné de bon cœur le peu qu'il possédait pour se délivrer d'un semblable poids; mais comment le faire accepter au charcutier? Il faudrait donc tout lui dire, accuser ses camarades? ce que Charles ne voulait pas faire, quand même il ne s'y serait pas cru engagé par sa promesse. Il imagina d'aller placer quatre sous, qui étaient tout ce qu'il avait d'argent, sur la porte du charcutier, imaginant qu'il les prendrait, les croyant à lui. Il passa deux ou

trois fois devant la porte sans oser les mettre;
enfin, dans un moment où on ne le voyait pas, il
les plaça sur le seuil, et se sauva au coin de la
rue pour voir ce qui en arriverait. Il n'y fut pas
plus tôt qu'il vit arriver Antoine, qui, furetant autour de la boutique, et voyant que le marchand
avait le dos tourné, se baissa pour les ramasser.
Charles sautant sur lui pour l'en empêcher, Antoine se débattit; le marchand se retourna au
bruit.

— Qu'est-ce que vous faites devant ma boutique? dit-il en colère, car il se souvenait de ce
qu'on lui avait pris; pourquoi monsieur Charles
rôde-t-il autour depuis une heure? Allez-vous-en;
ce n'est pas que je vous accuse, monsieur Charles,
mais je ne veux pas qu'on soit devant ma boutique.

— Lui comme un autre, disait Antoine entre
ses dents; et Charles, au désespoir, se voyait
chasser sans oser se fâcher, comme il aurait fait
dans une autre occasion. Il courut après Antoine
pour lui reprendre ses quatre sous, disant qu'ils
étaient à lui, mais Antoine se moqua de lui; il
n'osa le forcer à les lui rendre, car Antoine avait
sur lui l'avantage d'un mauvais sujet qui se mo-
que de tout ce qu'on peut dire, et Charles n'avait

pas l'avantage d'un honnête homme, qui est de n'avoir rien à cacher, car il ne l'avait pas toujours été.

Comme il était là, triste et honteux, vinrent à passer Jacques et Simon.

— Ah! lui dit Simon à demi-voix, nous avons un beau panier de pêches que la mère Nicolas allait porter à la ville et que nous avons ôté de dessus son âne pendant qu'elle était à ramasser du bois auprès des murs du parc; nous l'avons caché là, dans le fossé; viens le voir.

— Non, dit Charles, je ne veux pas.

— Oui-dà, ce n'est pas pour lui, reprit Jacques; il n'a pas eu la peine de le prendre; c'est un poltron de brigand.

— Je ne suis pas un brigand, dit Charles en colère, et je ne me soucie pas de vos pêches.

— Tu n'as pas été si dégoûté du saucisson.

Charles, dans toute autre occasion, aurait répondu par un coup de poing; mais il était humilié, il se tut; et Jacques s'en alla en chantan de toutes ses forces, sur l'air c'est un enfant:

C'est un poltron,
c'est un poltron.

— Pourquoi ne viens-tu pas? dit Simon.

— Simon, lui répondit Charles, qui aurait voulu le convertir, c'est bien mal de voler et de fréquenter ceux qui volent.

— Bon! tu ne pensais pas cela hier.

— Aussi, depuis hier me suis-je bien repenti.

— Eh bien! tu te repentiras encore demain, viens. Et Simon, qui avait l'habitude de lui faire faire assez ce qu'il voulait, l'entraînait par le bras.

— Non, non, je n'irai pas.

— Eh bien! ne viens pas; et il le repoussa brusquement. Je vois bien que c'est que tu ne veux pas me donner ma revanche.

— Mais, Simon, comment le pourrais-je? je n'ai plus d'argent.

— Tu as toujours ces quatre sous que tu nous as gagnés à Louis et à moi.

Charles lui raconta ce qu'il en avait fait et ce qui lui était arrivé. Simon se mit à rire si fort, que Charles riait presque de voir rire Simon; cependant il s'impatientait.

— Si je pouvais les lui faire rendre! disait-il.

— Oh! dit Simon, les brigands ne rendent rien. Mais viens tantôt jouer au petit palet sur la pelouse; puisque c'est ce coquin d'Antoine qui te les a volés, nous trouverons bien moyen de les lui gagner.

— Non, dit Charles, je ne veux pas y aller.

— Eh bien! comme tu voudras ; je les gagnerai pour moi tout seul.

Comme Charles, malgré ses malheurs, était un peu plus content de lui, il dîna mieux qu'il n'avait soupé la veille. Cependant il songeait qu'il aurait été bien agréable de regagner à Antoine ses quatre sous. Le lendemain était dimanche ; le curé lui donna la clef de son jardin, lui disant de l'aller porter à madame Brossier, l'une de ses paroissiennes, vieille et infirme, qui logeait à quatre ou cinq cents pas du village, et qui, pour venir à la messe, avait beaucoup moins de chemin à faire en traversant le jardin du curé qu'en faisant le tour par les rues.

Charles partit ; il passait assez près de la pelouse ; en passant il la regarda, et marcha plus lentement pour tâcher d'apercevoir ce que faisaient ses camarades qu'il y voyait rassemblés. En regardant et en marchant lentement, il approcha ; il les vit jouant au petit palet, et approcha davantage pour savoir si c'était Simon qui gagnait. Simon le vit, l'appela, et lui proposa d'être de moitié. Charles ne répondit rien d'abord ; Simon renouvela sa proposition : c'était contre Antoine qu'il jouait. Charles accepta, sans songer qu'il ne pouvait pas jouer, puisqu'il n'avait pas d'argent pour payer s'il perdait. Cette idée lui revint au milieu de la partie; alors il lui prit une telle peur de perdre, qu'il ne respirait pas. Il examinait le jeu avec une attention inquiète; il crut deux fois s'apercevoir que Simon, avec qui il était de moitié, trouvait moyen, en s'approchant pour mesurer, de pousser son palet de manière à faire croire qu'il avait gagné quand il avait perdu. Il n'osa rien dire. Était-ce pour ne pas faire de tort à Simon? Était-ce pour ne pas perdre? Il n'en savait rien lui-même, tant il était troublé. Il gagna un sou, et s'en alla, s'il est possible, encore plus troublé que la veille. Il pensait que Simon avait triché, et que c'était de là que venait son gain; que bien qu'Antoine l'eût volé, ce n'était pas une raison pour le voler à son tour. Il aurait bien voulu demander à quelqu'un s'il avait le droit de garder cet argent, si au contraire il n'était pas obligé à restituer même celui qu'avait gagné Simon, puisqu'il n'avait pas averti qu'il trichait. Mais à qui le demander? Le malheur de ceux qui ont eu une mauvaise conduite, c'est de ne plus oser demander conseil à personne, même quand c'est pour la réparer. La conscience de Charles le tourmentait si fort, qu'il

commençait à tâcher de s'étourdir pour ne plus
la sentir. Il se mit donc à courir de toute sa force
pour secouer ses idées ; mais en arrivant à la
porte de madame Brossier, il s'aperçut qu'il
n'avait plus la clef du jardin. Il crut d'abord l'a-
voir perdue en courant, et la chercha quelque
temps ; mais il se ressouvint ensuite qu'il l'avait
prêtée à Simon pour mesurer la distance des pa-
lets. Il retourna pour la lui demander ; Simon
n'y était pas, non plus que Jacques, les autres
dirent qu'ils n'avaient pas la clef. Charles voulait
courir après Simon.

— N'y va pas, dit Antoine ; il va revenir, tu le
manquerais. Jouons plutôt une partie.

Charles était en train de faire des fautes ; il ne
savait plus d'ailleurs si l'argent qu'il avait lui appartenait ou non ; et il semble que les gens qui
ont eu le malheur de rendre leurs devoirs si difficiles et si embrouillés, qu'ils ne savent plus
comment s'en tirer, abandonnent le soin de leur
conscience et ne se soucient plus de faire bien ou
mal, en sorte qu'ils vont toujours empirant, s'ô-
tant le moyen de réparer.

Charles joua et perdit non-seulement un sou,
mais quatre autres qu'il n'avait pas. Il voulait
toujours sa revanche, Antoine ne voulait plus

jouer, et Simon ne revenait pas. Charles n'y pensait guère, parce qu'il était tout occupé de sa partie ; cependant il avait demandé une fois :

— Est-ce que Simon ne reviendra pas?

—Oui, oui, quand les poules auront des dents, avait répondu Antoine en se moquant. Charles l'avait à peine entendu. Pendant qu'il sollicitait une dernière partie qui lui aurait probablement encore fait perdre ce qu'il n'avait pas, Jacques arrive en courant, et sans voir Charles, parce qu'il commençait à faire sombre ; il crie d'une certaine distance, et cependant à demi-voix :

— C'est bien la clef du jardin, nous l'avons essayée ; nous allons chercher des paniers. Charles entend qu'on parle de sa clef, et voit bien qu'on l'a retenu exprès pour que Jacques et Simon eussent le temps de l'emporter. Il veut courir après Jacques, Antoine le retient :

— Paye-moi d'abord, dit-il, mes quatre sous.

— Je te les payerai demain ; mais je veux ravoir ma clef.

— Ta clef, n'as-tu pas peur qu'on ne te la mange?

— Non, mais je ne veux pas qu'on aille voler les fruits du jardin de mon oncle, comme le panier de pêches et le saucisson ; et Charles se débattait toujours, et Antoine le retenait.

— Le grand mal, disait Louis, quand on ramasserait les fruits qui sont à terre à se pourrir ! Et Charles, qui savait bien qu'on en prendrait d'autres, se débattait encore plus fort.

— Il faudra bien que vous me laissiez aller à la fin, disait Charles, et alors j'irai dire à mon oncle de se faire rendre sa clef.

— Et moi je lui dirai, répondit Antoine, de me faire rendre mes quatre sous.

— Eh bien ! laisse-moi aller ; je ne dirai rien.

— Promets-le, foi de brigand.

— Je ne suis pas brigand.

— Tu l'es, tu l'es, dirent les petits garçons en se prenant la main et en se mettant à sauter autour de lui de manière à l'empêcher de sortir.

— Promets foi de brigand. Charles trépignait, pleurait, faisait des efforts inutiles. Il lui fallut promettre foi de brigand qu'il ne dirait rien, et qu'il payerait les quatre sous le lendemain, c'est-à-dire qu'il donnerait ce qu'il n'avait pas ; mais Charles s'était engagé, par ses premiers torts, dans une mauvaise route où il ne pouvait plus faire que des fautes.

A peine libre, il se met à courir de toute sa

force du côté de la maison; mais à quelque distance il rencontre son oncle, qui l'arrête et lui
demande s'il a remis la clef à madame Brossier.
Charles, interdit, confus, bégaie et ne sait que
répéter :

— La clef, la clef... mon oncle, la clef..

— L'as-tu perdue ?

— Oui, mon oncle, dit Charles enchanté de
cette défaite. Le curé était un homme bon et
tranquille, il ne se fâchait jamais.

—Eh bien ! il faut la chercher.

—Quoi ! mon oncle, à cette heure ! il ne fait
presque plus jour.

—Nous la trouverons encore bien moins quand
il fera tout-à-fait nuit. Et le voilà à chercher
avec Charles, qui du moins en fait semblant. Ils
rencontrent Antoine et ses camarades qui rentraient
au village ; le curé leur demande sa clef, ils ré-
pondent qu'ils ne l'ont pas trouvée, et Charles
les entend avec indignation, en s'en allant, rire
entre eux et dire :

—Elle se retrouvera, monsieur le curé, elle
se retrouvera. Il les voit se mettre à courir, et
pense qu'ils vont se dépêcher de profiter de son
absence pour faire leur coup. Il tremble pour le
bel abricotier de son oncle, si chargé de fruits,

qu'on a été obligé d'en étayer quelques branches.
Il tremble surtout pour Bébé, un charmant petit
agneau qu'élève la servante du curé, que Charles
aime à la folie, qui le reconnaît, accourt à lui,
quand il le voit, de toute la longueur de sa corde,
le caresse et mange de l'herbe dans sa main. Il est
attaché dans le jardin ; si ces garnements allaient
l'emmener et lui faire mal ; il aurait beau bêler,
la servante ne l'entendrait pas, parce que le jardin est assez éloigné de la maison, à laquelle il
ne tient que par une petite allée qui passe le long
des derrières de l'église. Il ne peut tenir à cette
pensée.

— Mon oncle, dit-il avec agitation, laissez-moi
aller ; si quelqu'un a trouvé la clef, il pourrait
entrer ; je veux mettre quelque chose dans la serrure pour les empêcher d'ouvrir.

— Non pas, dit le curé, vous me gâteriez ma
serrure. Charles a déjà pris sa course. Le curé lui
crie encore qu'il lui défend de rien mettre dans la
serrure. Charles promet qu'il n'y touchera pas, et
court toujours ; et le curé, voyant qu'il fait trop
noir pour espérer de trouver sa clef, va faire une
visite dans le village.

Charles arrive essoufflé ; il trouve tout tranquille ; Bébé est à la même place et vient lui

lécher la main. Il respire, mais il craint à tout moment d'entendre arriver les petits brigands : que ferait-il alors ? Charles s'est mis dans la plus cruelle alternative où puisse être un homme : celle de manquer à sa parole, ou de laisser commettre une mauvaise action qu'il pourrait prévenir. Son oncle lui a défendu de faire rien entrer dans la serrure ; mais il pense que l'échelle qui sert à monter aux arbres, mise en travers de la porte, pourra empêcher de l'ouvrir. Il commence à la traîner avec beaucoup de peine, quand il croit entendre plusieurs personnes parler bas le long du mur et près de la porte, alors il sent bien qu'il n'aura pas le temps d'y arriver avec son échelle : il s'élance pour la retenir au moins de toute sa force ; mais en ce moment on vient de mettre la clef dans la serrure, la porte s'ouvre brusquement ; Charles est presque renversé. Il voit entrer les cinq petits brigands.

— Sortez ! sortez ! leur dit-il en les repoussant, sortez ! ou je vais crier.

— Va crier dehors, lui dit Jacques, et il le jette hors du jardin, dont il ferme la porte après en avoir retiré la clef. Charles, en effet, crie et frappe, mais on lui jette par-dessus le mur un pot à fleurs, qui lui fait bien mal en lui tombant sur

l'épaule : il en voit arriver un autre, et juge qu'il
ne peut pas rester là. Alors, forcé de faire le tour,
il se hâte le plus qu'il peut, malgré ses craintes
qui rendent ses jambes tremblantes, trouve la
porte de la cour ouverte, passe par l'allée sans
avoir été vu de la maison, et entend de loin Bebé
bêler d'une manière si lamentable, que son cœur
est transi d'effroi.

— Serre-lui le cou, disait Jacques, serre fort.
Charles pousse un grand cri. Simon saute sur lui,
lui met les mains devant la bouche, et aidé d'Antoine, les y retient malgré les efforts de Charles,
tandis que les autres cherchent à serrer la corde
qui attache le cou de l'agneau à moitié étouffé. Le
pauvre Bebé pousse cependant encore un dernier
et faible bêlement : Charles l'entend ; le désespoir
lui donne des forces, il s'arrache des mains qui le
retenaient, en criant :

— Au secours ! au secours ! On l'a entendu : le
curé, qui le cherchait, la servante, qui vient faire
rentrer Bebé, arrivent et pressent le pas. Les petits brigands se voient découverts ; ils se disper-
sent dans le jardin, et veulent se sauver, mais
ils ont fermé la porte. La servante en a déjà reconnu et souffleté deux ou trois, tandis que Charles, uniquement occupé de Bebé, le délie, le fait

respirer, et à genoux près de lui, l'embrasse en
pleurant et en essayant de l'engager à manger
de l'herbe qu'il lui présente. Après avoir sévèrement tancé les petits brigands, et les avoir mis
à la porte, on revient auprès de Bebé. Charles
est tout étonné d'entendre la servante dire qu'ils
étaient quatre, et ne pas nommer Simon : il pense
qu'il a trouvé moyen de se sauver ; mais dans la
petite allée où il marchait derrière les autres,
conduisant Bebé, qui, encore tout effrayé, avait
quelque peine à se laisser conduire, il aperçoit
Simon tapi derrière un gros lilas. Il est d'abord
prêt à crier, se souvenant que c'était Simon qui
lui avait mis les mains devant la bouche pendant qu'on cherchait à étrangler Bebé ; mais un
mouvement de générosité et le sentiment de ses
propres fautes le retiennent. Il lui fait signe de
le suivre doucement ; et pendant que les autres
rentrent dans la maison, il lui donne les moyens
de s'échapper par la porte de la cour.

Interrogé par le curé, Charles prit le parti
d'avouer humblement tous ses torts. et de demander pardon à Dieu et à son oncle, qui le
traita avec bonté, mais lui imposa cependant une
pénitence. Charles lui demanda de vouloir bien
lui avancer la petite somme qu'il lui accordait

tous les mois, afin qu'il pût payer Antoine, lui
rendre même l'argent qu'il avait gagné peu loyale-
lement avec Simon, et rendre aussi quelque chose
au marchand de saucissons. Le curé y consentit,
quoiqu'il eût une grande répugnance à voir donner de l'argent à Antoine, qui ne pouvait certainement s'en servir que pour de mauvais usages.
Mais Charles le devait, et son oncle lui fit observer que les inconvénients de la mauvaise conduite avaient souvent des suites si longues, que,
même après qu'on était corrigé, elles vous obli-
geaient encore à faire des choses auxquelles on
avait du regret. Quant à l'argent du marchand,
Charles ne voulait pas le donner lui-même : son
oncle trouva qu'il avait raison, parce qu'il y a
des fautes si honteuses, qu'à moins d'être forcé
de les avouer pour éviter un mensonge, on ne
doit s'en accuser que devant Dieu; son oncle lui
promit de le rendre, comme une restitution dont
on l'avait chargé. Charles craignait qu'on ne
soupçonnât d'où cela venait; son oncle lui dit
qu'après avoir si peu craint le soupçon en faisant le mal, il fallait avoir le courage de s'y exposer pour le réparer, et qu'une conduite irrépro-
chable était le seul moyen de rétablir sa réputation, qui pourrait bien être altérée de cette
aventure.

Elle le fut, en effet, pendant quelque temps. Le curé, le lendemain, au prône, ayant parlé contre le vol, sans nommer personne, et ayant averti les parents de veiller sur leurs enfants, qui prenaient des habitudes dangereuses, tous ceux du village qui avaient des enfants furent inquiets, et cherchèrent à savoir ce qu'il entendait par-là. Les petits brigands furent terriblement maltraités par leurs parents; mais ceux-ci dirent ensuite que le plus mauvais sujet c'était Charles, qui leur avait ouvert la porte et puis les avait fait découvrir. Les petits garçons, de leur côté, lui disaient des injures toutes les fois qu'ils le rencontraient. Il n'y avait que Simon qui ne fût pas en colère. Charles, quand il le voyait par hasard, car il ne le cherchait plus, tâchait de l'engager à prendre de meilleures habitudes. Simon promettait et n'en faisait rien. Il devint enfin si mauvais sujet, que Charles fut obligé de ne plus lui parler; il cessa même d'en avoir envie. Simon ayant cessé bientôt d'être bon enfant et serviable, car il n'y a point de bonne qualité qui tienne contre l'habitude de mal faire, et point de sentiment que ne finisse par étouffer le défaut de religion.

FIN.

TABLE

TABLE.

—

FIN DE LA TABLE.

Limoges. — Imp. E. Ardant et Cie.

Original en couleur

NF Z 43-120-8